香港STEAM新聞資訊站
Science · Technology · Engineering · Mathematics
Trans-
disciplinary
跨科
滙集STEAM教育分享
U0931509
Science、Technology、Engineering、Art、Mathematics

目錄CONTENTS

目錄CONTENTS

策劃序

本書名叫《誇科》，可不是錯別字，是的確希望對STEM或STEAM教育好好誇讚一下：而從讀音與「跨科」相似，也可心領神會跨科合作在STEM或STEAM教育中的重要性。2015年，時任特首梁振英在施政報告提到強化科學、科技及數學學習活動，可算是香港STEM教育的開始。至今過去十年，或許也是時候為它作一個發展小結。然而，HKSTEM News並非什麼知名網媒，存在的目的一開始亦只是幾位志同道合的朋友，本著對STEM發展的興趣，走到一起，以業餘方式營運。所以，由HKSTEM News來做這個小結只會是自說自話，沒有什麼代表性可言。既然如此，在這個計劃開始之初，早已決定邀請不同學校校長，由他們來說一說，這樣或許更有份量。

於是，三月尾決定好本書的方向：走訪不同學校，了解他們在STEM或STEAM教育發展，之後便是開始詢問學校意向。本來因為時間實在太急趕，四月必須確定受訪學校、五月開始逐間訪問，六月中尾必須交付印刷廠，不然便會打亂出版計劃。所以心懷忐忑，不料事情竟比想像順利，很快便相約了十五間中小學，其後在製作過程，還多增加了兩間，最終收錄了本書中的十七間中小學。

接下來，反而是製作團隊內萌生擔憂：學校的STEM發展會不太相似，會否在編寫上也太困難，最終是發現，各校原來都會就著各自校本規劃，發展出相似又截然不同的STEM發展政策。這或許可歸功於教育局對STEM並沒什麼硬性規定。在教育局STEM都不是學科，而它也確實不是，所以不會像中英數等學科般會有課程大綱，只有一些指引，包括同學該掌握什麼技能，學懂什麼知識。雖則如此，也是有很多彈性空間，以及靈活變化在內。因而，每間學校便都「摸著石頭過河」，配合自己學校校本規劃來做，以至會視乎學生程度、老師熱誠，慢慢形成一個很有趣的情況，就是STEM教育的發展變得百花齊放，即使是同個辦學團體下的學校，都會顯得有點南轅北轍的。在STEM正式在教育局層面也變為STEAM，多了一個A字後，因為理解的不同，是藝術？是人文科學？百花中的花變得更多，結合跨科合作之下，可算是即使沒有涉及科學、科技、數學或工程的學習活動，也可以很「STEAM」。至於，兩年前教育局強調的AI學習滲入後，是更進一步豐富了整個氛圍，也將變化推得更高，以至現部分學校已近乎不談STEAM，因為都已融入學生日常學習，無需特意強調。

亦因此，團隊最初的擔憂也變得杞人憂天。十七間中小學就是十七個不同STEAM教育發展方向或是教案，絕對是各有特色。舉例：青松(湖景)會以製作Ukulele及生命教育貫穿STEAM學習，沈香林中學著眼AI生成系統，教授學生以AI生成文字、圖像、影片，元朗商會小學設立專屬模擬飛行教室，以「飛行」知識滲入STEAM，潮州會館中學保存傳統D&T科，鼓勵同學「動手做」，聖公會何明華會督中學校內有不同多功能房間，配合不同學習。簡而言之，STEAM學習還真的是可說「萬物皆可STEAM」。

這也讓本書更具意義，可以匯聚不同的方案，令對STEAM教育還是茫無頭緒的其他人，可以有一個實際觀察：原來這樣那樣的發展，也是STEAM、原來它不一定是理科範疇，原來它是可以融合不同學科共同展開。若然，本書最後是可讓人有著前面的感想，也算是為香港STEAM教育做了一點小事吧！

Matthew Cheung

HKSTEM News執行編輯

P.S. 十七間學校的排名，是先刊登中學再刊登小學，之後剔除辦學團隊名稱，例如聖公會，再根據學校中文名字筆劃多少排序。

推薦序一

跨科學習，啟迪未來人才

我與本書主編Matthew Cheung相識多年，深深欣賞他熱心推動STEM教育的付出。如今，他更將各校創科教育的精華蒐集成書，與學界分享，成為創科學術交流的資訊庫。

自2015年起，香港政府積極推動創新科技發展，十年間教育局確立了STEAM（科學、科技、工程、藝術和數學）教育的框架、政策，並大舉投放資源。各中小學紛紛進行課程革新、加強教師專業發展、增加學與教資源，讓學生掌握應對經濟、科技發展及社會變遷所需的知識和技能。

由於STEAM教育一直鼓勵跨科學習，而非獨立成科，各校在創科教育上步伐不一。加上人工智能（AI）發展迅速，社會愈發重視資訊素養及注重品德修養，這為創科教育帶來不少的挑戰。另一方面，我樂見許多香港學生的創意發明品衝出香港，屢獲殊榮，得到國際認可。部分中學生的創科發明甚至已註冊專利，減低被抄襲的風險，更提高了學界對知識產權的認知，當中也蘊含著許多寶貴的經驗。

此書統整出各校的成功之道及教育方針，展現他們豐富多元的學術成果，讓更多學校能夠互相借鑒和學習，真正實現教育的共享與共進。書中內容緊貼創科和數字教育的發展，讓讀者能輕易明瞭香港創科教育的源起、發展及前瞻。

我衷心希望此書能啟發更多的教育工作者和學生，持續以「普及化、拔尖化、多元化」的方式推展STEAM教育。讓我們攜手合作，營造鼓勵探究和創新的學習氛圍，提升學生對科學和創科的興趣和能力，為國家和香港培育更多創科人才。

劉世蒼校長

行政長官卓越教學獎教師協會
科技教育召集人

劉世蒼校長現為仁濟醫院靚次伯紀念中學校長，以及在多個發明協會擔任要職，不單是STEAM教育先驅者，更經常鼓勵及協助學生將創新發明「落地」，造福大眾。

推薦序 二

以德育為魂，以科創為翼

欣聞《誇科 - 匯集STEAM教育分享》即將付梓，謹代表香港發明創新總會，向參與本書編撰的17所學校、教育工作者及HKSTEM News團隊致以最誠摯的祝賀。在科技創新浪潮席捲全球的今天，這本凝聚香港教育界智慧與實踐的著作，不僅是對STEM教育成果的系統性總結，更是教育工作者堅守育人初心、探索科技與德育融合路徑的生動見證。

回首香港STEM教育的發展歷程，自理論引入到實踐深耕，已走過十餘個春秋。從早期聚焦編程、機器人等技術技能培養，到如今構建跨學科、項目式學習體系，香港的教育工作者始終以敏鋭的時代觸覺，推動STEM教育不斷迭代升級。尤為可貴的是，在技術狂飆突進的時代，教育者們始終未曾偏離「立德樹人」的根本方向。本書收錄的17所學校案例，正是這一堅守的最佳註腳——大埔舊墟公立學校將環保科技項目與社區服務結合，引導學生在解決城市垃圾處理難題中樹立可持續發展理念；元朗商會小學通過團隊協作式發明創造，在培養創新能力的同時，將誠信、責任等價值觀融入項目評價體系。這些實踐充分證明，STEM教育絕非冰冷的技術訓練，而是承載人文關懷、塑造健全人格的重要載體。

在人工智能、基因編輯、量子計算等前沿技術重塑人類社會的當下，科技德育的重要性愈發凸顯。歷史經驗警示我們，缺乏道德約束的技術發展可能帶來難以預估的風險。從數據隱私洩露到算法偏見，從生物倫理爭議到人工智能失控擔憂，每一次技術突破都呼喚著與之匹配的價值引導。正因如此，本書的出版具有特殊意義：它不僅展示了香港學校在STEM教學中的創新方法，更系統呈現了「科技向善」理念的落地路徑。書中多所學校通過設計真實情境下的跨學科任務，讓學生在解決社區適老化改造、海洋生態保護等實際問題時，深刻理解技術應用的社會影響；部分學校引入科技倫理辯論、行業專家講座，引導學生思考創新背後的責任與擔當。這些實踐為教育者提供了寶貴經驗：唯有將德育深度融入STEM課程設計、教學評價與師生互動，才能培養出既有創新能力又具人文底蘊的時代新人。

作為香港發明創新總會的一員，我深刻認識到，推動STEM教育高質量發展需要全社會的協同努力。在此，我呼籲構建「學校—企業—社會」三位一體的育人生態：學校應進一步優化課程體系，將科技倫理、社會責任等內容納入STEM核心素養；企業可通過設立實踐基地、提供行業導師資源，為學生創造接觸真實產業場景的機會；社會組織則可搭建跨區域交流平台，促進優質教育資源共享。尤為重要的是，香港的STEM教育應主動融入國家「科教興國」戰略大局，依托粵港澳大灣區建設的歷史機遇，深化產學研合作。通過建立校企聯合實驗室、參與國家重大科技項目、推動科創成果轉化，讓香港的教育鏈、人才鏈與國家的產業鏈、創新鏈實現有機銜接，為國家科技自立自強貢獻「香港力量」。

科普教育是培育科創人才的基石。本書中多所學校開展的「小小發明家」「科技開放日」等活動，正是激發青少年科學興趣、厚植創新土壤的有效嘗試。未來，我們應進一步強化科普與人才培育的聯動效應，通過舉辦跨校科創競賽、組織國家重點實驗室研學、邀請院士專家進校園等方式，幫助學生拓寬國際視野、深植家國情懷。期待香港的青少年既能立足香港、放眼世界，掌握前沿科技知識；又能心懷祖國，將個人理想融入民族復興的偉大征程。

最後，再次感謝所有參與本書創作的教育同仁。你們的探索與實踐，不僅為香港STEM教育注入了新的活力，更為教育回歸育人本質樹立了典範。願這本著作成為新的起點，激勵更多教育工作者以德育為魂、以科創為翼，共同培育兼具創新能力與道德良知的時代新人，為香港融入國家發展大局、提升國際競爭力奠定堅實的人才基礎！讓我們攜手同行，在科技與人文交融的道路上，書寫香港教育更加輝煌的篇章！

李偉康

香港發明創新總會首席常務副主席

李主席現為互聯網專業協會行政總裁，香港研學旅行協會主席，多個社團及教育出版社顧問。過去30年積極參與香港科技及教育發展。為香港青年建設美好平台。

跨學科豐富學習環境

在當今快速變遷的科技時代，教育的角色不再僅僅是知識的傳授，而是引導學生以批判性思維和創新精神應對未來的挑戰。隨著「跨學科」教育理念的興起，尤其是以STEAM（科學、技術、工程、藝術及數學）為核心的教學模式，同工們正面臨著前所未有的機遇與挑戰。

《誇科 - 匯集STEAM教育分享》這本書的推出，正是為了反映這一「潮流」。在香港，STEM / STEAM教育的發展已經持續近十年，各校均積極探索其特有的STEM或STEAM內容，形成了豐富多樣的學習環境。透過這些不同的實踐與探索，我們不僅可以看到學生在知識和技能上的成長，更能欣賞到他們在創造力和合作能力上的提升。

跨學科的魅力

跨學科教育的精髓在於打破傳統學科界限，讓學生在不同領域的知識中找到聯繫。這不僅能夠激發學生的學習興趣，還能讓他們在解決問題的過程中，學會整合多方面的知識。

當學生們在進行一個STEAM項目時，他們可能需要運用科學的原理、科技的技術、工程的設計思維、藝術的創意、數學的邏輯，與及更加不在「STEAM」這幾個英文字母內的科目的知識、技能與態度，來達成目標。這種綜合性的學習方式，不僅幫助他們更深入地理解各科知識，還能培養他們的批判性思維和解決問題的能力，與及利用科技及創意去進行解難的精神及習慣。

更高興的《誇科》這本書將展示一些傑出香港優秀學校的STEAM教學個案，這些案例不僅展現了學生的創新思維，同時也反映出教師在跨學科及STEAM教學中的努力與智慧。透過這些故事，我們希望激勵更多的同工去探索跨學科及STEAM教學的可能性，並從中獲得靈感。

STEAM教育的實踐

STEAM教育的推廣不僅限於學校的課堂內，更延伸到校外的各類活動和社區參與。許多學校積極組織各種形式的STEAM活動，並讓學生親身參與不同組織籌辦的 STEAM 活動及比賽，讓學生在實際操作中學習。這些活動不僅增強了學生的動手能力，還增進了他們的團隊合作精神及接受失敗並再作檢討與嘗試的素質。在這裡，欣賞到的不僅是學生們的投入與成就，更是同工們的無私與辛勤付出。

成功案例的展示，能有效地協助推動STEAM教育，並促進學生的全面發展。這些學校在策劃和執行STEAM活動的過程中，積累了寶貴的經驗，值得其他教育機構借鑑。

期待未來的發展

隨著科技的進步，STEAM教育的未來充滿了無限的可能性。期待看到更多的學校能夠在STEAM領域中發揮創意，並在教學理念上不斷探索與創新。肯定的是，這雜誌將成為一個平台，讓同工們能夠分享他們的見解、經驗和反思，並共同探討未來的發展方向。

在這個充滿挑戰的時代，大家一定要讚賞那些在教育前線不斷努力的教師和學生。他們的創新思維和堅持不懈的精神，將為教育體系注入新的活力。透過分享，促進更多的交流與合作，讓STEAM教育在全港各校蓬勃發展。

最後，誠摯地邀請所有同工、學生及家長，參與到這場跨學科的學習旅程中來。無論是分享故事，還是參與討論，都期待大家的聲音。讓大家一起共同努力，為未來的學習環境創造更多的可能性，讚賞每一個努力追求卓越的瞬間。
讓大家一起在「跨科匯集STEAM教育分享」中，探索、學習和成長。

黃健威

資訊科技教育領袖協會（AiTLE）主席

黃健威老師由教育局第一個資訊科技教育策略，已開始參與本港資訊科技教育發展。現為資訊科技教育領袖協會（AiTLE）主席，並曾任或現任教育局、考評局、教城、優質教育基金、僱員再培訓局不同委員會之主席或委員，積極推動資訊科技輔助教學，以提升學與教效能

什麼是STEM或STEAM？

STEM是一門綜合科學（Science）、科技（Technology）、工程（Engineering）和數學（Mathematics）教學模式。STEAM則是在這之上融入藝術（Arts）的延伸。有別於傳統學習模式，STEM 側重動手做、專題研習、問題為、跨科協作等等的實用學習體驗，從而培養學生掌握不同技能，發揮潛力應對未來社會挑戰。

世界發展史

香港在發展STEM教育上起步較慢，2015年才提出類似教學模式，讓普遍人以為它是嶄新教學理念。事實上，不說STEM教育源起，可追溯至19世紀中後期，美國地區更在上世紀五、六十年代便出現相關概念，只是在進入21世紀，才確立STEM一詞而已。

▲ 工業革命後，科技人才需求場加。

19世紀至二戰終結：實用教育萌芽

▲ 1862年的莫里爾法案是STEM概念的起源。

1862年美國推出的莫里爾法案(Morrill Act)，旨在促進高等教育的普及和農業、科學、科技、工程領域的推動，建立土地撥款大學(Land Grant Universities)，專注「實用技能」的理念，為STEM教育概念奠定基礎。

至19世紀末的工業革命，增加了對工程師和科技人才的需求，科技學校例如麻省理工學院(Massachusetts Institute of Technology, MIT)開始興起，引進應用科學與數學的實用教育。隨著20世紀初，全球戰爭頻繁爆發，科學與科技廣泛集中於軍事應需求，有著飛速發展。戰後，相關研究成果紛紛轉型為民用，為日後STEM教育鋪平了道路。

▲ 土地撥款大學提倡農業、科技的實用技能的推動。

冷戰時期：現代教育明確方向

▲ 前蘇聯成功發射Sputnik 1催化美國改革教育。

1957年蘇聯成功發射首枚人造衛星史潑尼克一號(Sputnik 1)，震驚美國，造成史稱「史潑尼克衝擊」(Sputnik Shock)事件。美國於是銳意改革數學和科學教育，於1958年通過《國防教育法案(National Defense Education Act, NDEA)》，並提出「新數學(The New Mathematics)概念，強調邏輯思維及代數結構，讓學生能從整體上理解數學。

而不僅僅是實用計算。史潑尼克衝擊為現代教育制定了方向，強調跨學科重要性，鼓勵學生懂得批判性思考、創新與實踐能力，這些都是STEM教育的要點。

前言

20世紀末至21世紀初：確立「STEM」一詞

1983年美國政府公布《國家處於危險之中 （A Nation at Risk）》報告，旨在揭示當其時美國教育系統的危機，以至提出一系列改革建議，特別是在科學和數學教育。這份報告可說是全球科學和科技教育的重要里程碑，也是讓全球多國日後重視展開STEM教育的催化劑。

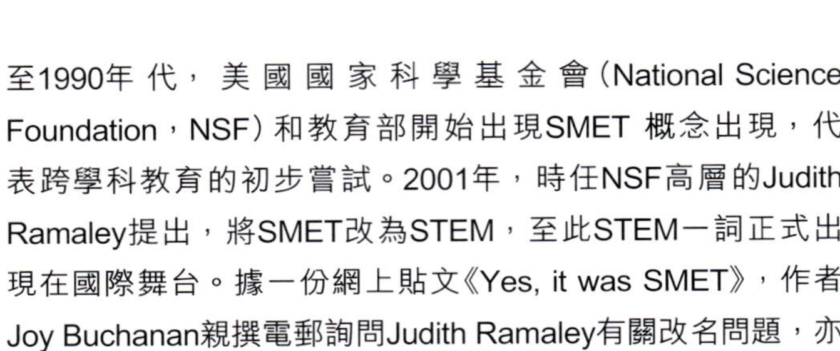

至1990年代，美國國家科學基金會（National Science Foundation，NSF）和教育部開始出現SMET 概念出現，代表跨學科教育的初步嘗試。2001年，時任NSF高層的Judith Ramaley提出，將SMET改為STEM，至此STEM一詞正式出現在國際舞台。據一份網上貼文《Yes, it was SMET》，作者Joy Buchanan親撰電郵詢問Judith Ramaley有關改名問題，亦獲本人證實確有此事。

21世紀至今：STEAM浪潮吹起

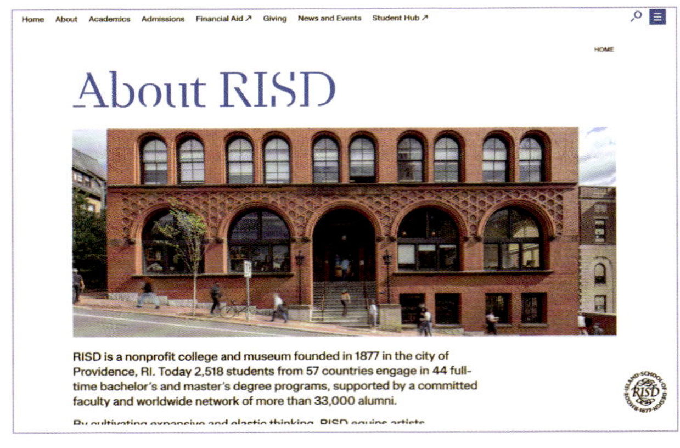

2004年歐盟公布《里斯本戰略（Lisbon Strategy）》，明確優先發展STEM 領域，通過培育創新人才，應對全球變化。2010年，逐漸出現側重藝術的STEAM教育，其中羅德島設計學院（Rhode Island School of Design, RISD）便提出「STEM to STEAM」口號，將STEAM教育作為核心部分，實施全面教育以激發同學創意。

在2010年才起步發展的南韓，亦是全球第一批將STEAM教育納入國家教育政策的政府之一。及至2015年更立例規定小學和中學的總課時中，必須有9-13%用於STEAM課程，相應地傳統學科則可減少課時約10%。內地則從2000年起積極引進STEM教育，2010年時更將創新科技列為國家發展核心，與STEM 融入基礎教育中。

RISD

https://www.risd.edu/

STEM教育發展重要事件

1862	美國公布《莫里爾法案(Morrill Act)》。
19世紀末	工業革命推動應用科學與工程教育。
1945	戰後科技為民間所用。
1957	蘇聯發射Sputnik 1人造衛星，引發Sputnik Shock事件。
1958	美國公布《國防教育法案(National Defense Education Act, NDEA)》
1983	美國公布《國家處於危險之中 (A Nation at Risk)》報告。
2001	時任NSF高層Judith Ramaley提出將SMET改為STEM。
2004	歐盟公布《里斯本戰略 (Lisbon Strategy)》
2010前後	STEAM教育概念湧現。

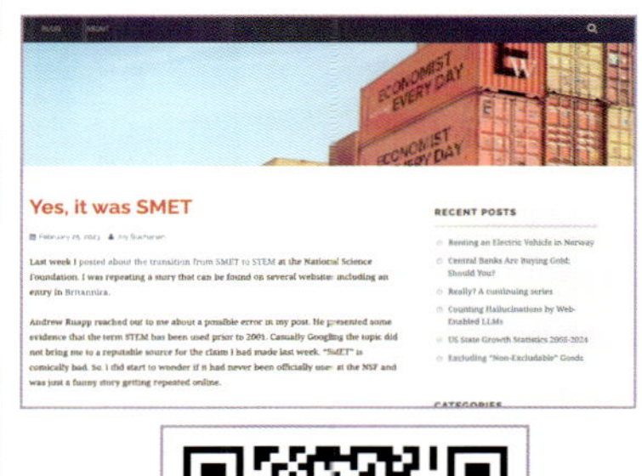

Yes, it was SMET

https://economistwritingeveryday.com/2023/02/25/yes-it-was-smet/

香港政府STEM教育發展史

於《2015年度香港行政長官施政報告》「青少年教育和發展」152項「教育局會更新及強化科學、科技及數學課程和學習活動，並加強師資培訓，讓中小學生充分發揮創意潛能。」雖則未有確實提出「STEM」一詞，已是最早提及相關教育政策。

至《2016年度香港行政長官施政報告》「創新及科技」89項「政府將更積極推動STEM（Science, Technology, Engineering and Mathematics）教育，鼓勵學生選修有關科學、科技、工程和數學的學科。」，以及同年11月14日，立會教育事務委員會亦公布「推動科學、科技、工程和數學（STEM）教育」的討論文件，方算是正式展開對STEM教育的推動工作。及至《2022年度香港行政長官施政報告》「青年興 則香港興」117項詳細列明「STEAM教育」發展方向，也是首次將STEM改為STEAM；同項中亦特別提及在初中課程加入創科元素，例如「人工智能」。隨後的11月16日立法會公布文件「立法會七題：推動STEAM教育」將STEAM中的「A」寫為「藝術」。

在《2023年度香港行政長官施政報告》「STEAM教育」則首次提及於小學開設「科學科」，並於2025/26年度推行。

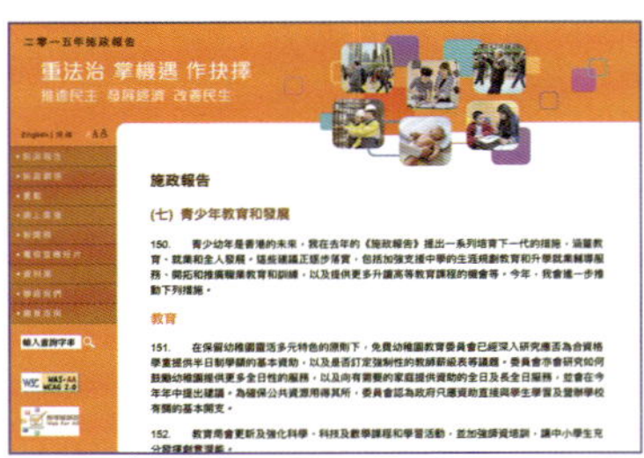
二零一五年施政報告

重法治 掌機遇 作抉擇

推進民主 發展經濟 改善民生

施政報告

(七) 青少年教育和發展

150. 青少幼年是香港的未來，我在去年的《施政報告》提出一系列培育下一代的措施，涵蓋教育、就業和全人發展。這些建議正逐步落實，包括加強支援中學的生涯規劃教育和升學就業輔導服務、開拓和推廣職業教育和訓練，以及提供更多升讀高等教育課程的機會等。今年，我會進一步推動下列措施。

教育

151. 在保留幼稚園靈活多元特色的原則下，免費幼稚園教育委員會已經深入研究應否為合資格學童提供半日制學額的基本資助，以及是否訂定強制性的教師薪級表等議題。委員會亦會研究如何鼓勵幼稚園提供更多全日性的服務，以及向有需要的家庭提供資助的全日及長全日服務，並會在今年年中提出建議。為確保公共資源用得其所，委員會認為政府只應資助直接與學生學習及營辦學校有關的基本開支。

152. 教育局會更新及強化科學、科技及數學課程和學習活動，並加強師資培訓，讓中小學生充分發揮創意潛能。

2015年度香港行政長官施政報告
青少年教育發展/教育

https://www.policyaddress.gov.hk/2015/chi/p150.html

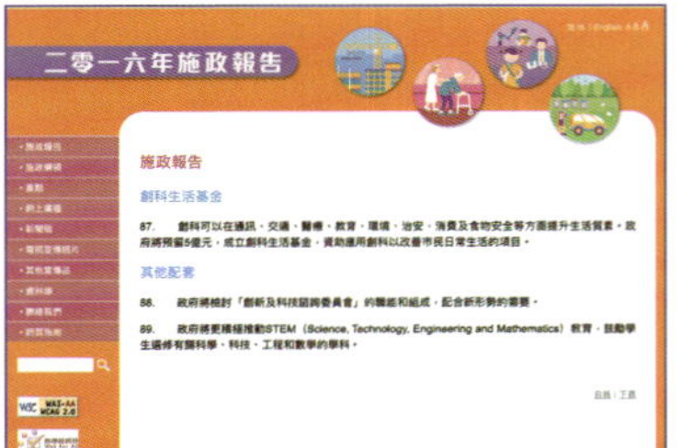
二零一六年施政報告

施政報告

創科生活基金

87. 創科可以在通訊、交通、醫療、教育、環境、治安、消費及食物安全等方面提升生活質素。政府將預留5億元，成立創科生活基金，資助運用創科以改善市民日常生活的項目。

其他配套

88. 政府將檢討「創新及科技諮詢委員會」的職能和組成，配合新形勢的需要。

89. 政府將更積極推動STEM（Science, Technology, Engineering and Mathematics）教育，鼓勵學生選修有關科學、科技、工程和數學的學科。

2016年度香港行政長官施政報告
創新及科技 / 其他配套

https://www.policyaddress.gov.hk/2016/chi/p87.html

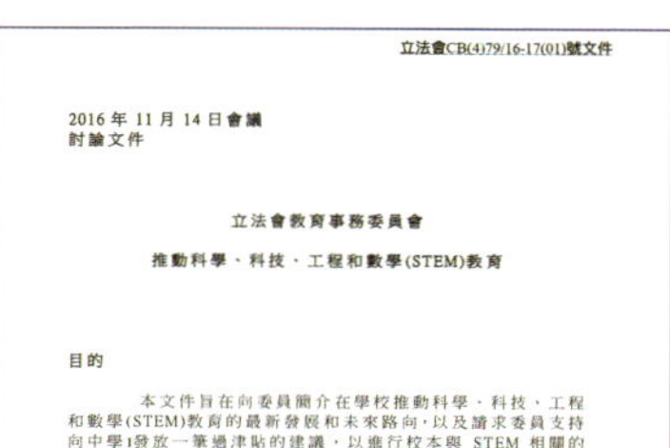

立法會CB(4)79/16-17(01)號文件

2016年11月14日會議
討論文件

立法會教育事務委員會

推動科學、科技、工程和數學(STEM)教育

目的

本文件旨在向委員簡介在學校推動科學、科技、工程和數學(STEM)教育的最新發展和未來路向，以及請求委員支持向中學1發放一筆過津貼的建議，以進行校本與STEM相關的學習活動。

立法會教育事務委員會 推動科學、科技、工程和數學（STEM）教育

https://www.legco.gov.hk/yr16-17/chinese/panels/ed/papers/ed20161114cb4-79-1-c.pdf

中華人民共和國香港特別行政區
行政長官2022年施政報告

施政報告

STEAM 教育

117. 我們會在中小學以普及化、趣味化、多元化的方式，大力推動 STEAM 教育，為學生打好基礎，配合香港未來發展創科的大方向。措施包括：

(i) 普及學習 — 在課程中加入更多創科學習元素，目標是在2024/25學年前，至少四分之三公帑資助學校於高小推行強化編程教育，以及在初中課程加入創科元素，例如人工智能；

(ii) 加強領導和統籌 — 本學年起所有公帑資助中小學須委派統籌人員，整體規劃課堂內外的 STEAM 教育；下學年起，每年舉辦或安排學生參與具質素的 STEAM 活動；及

(iii) 提升專業培訓 — 在兩個學年內，至少四分之三公帑資助中小學要安排教師參與 STEAM 的專業培訓。

專上教育

118. 政府一直鼓勵大學教育資助委員會（教資會）資助的大學提升課程質素，以建立強大人才庫。目標是未來五年內，教資會資助大學的學生當中有35%修讀 STEAM 學科，以及60%修讀與國家「十四五」規劃下香港發展為「八大中心」相關的學科。

2022年度香港行政長官施政報告 STEAM教育

https://www.policyaddress.gov.hk/2022/tc/p117.html

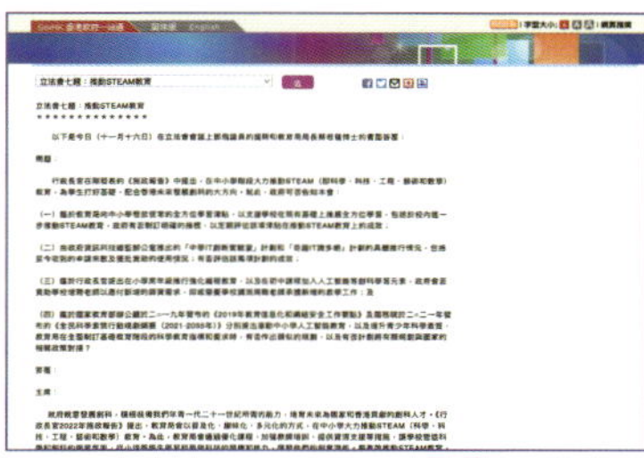

立法會七題：推動STEAM教育

立法會七題：推動STEAM教育

https://www.info.gov.hk/gia/general/202211/16/P2022111600326.htm

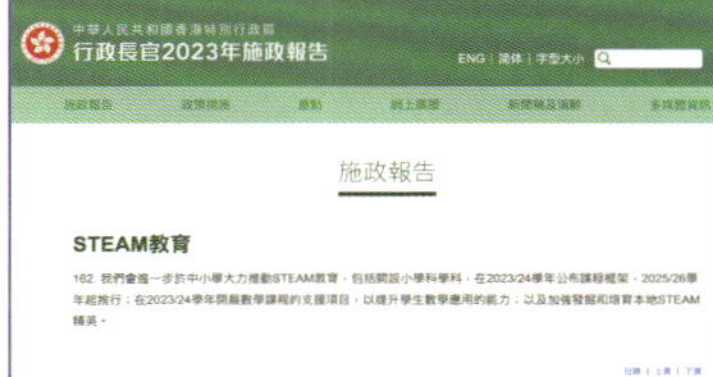

中華人民共和國香港特別行政區
行政長官2023年施政報告

施政報告

STEAM教育

162. 我們會進一步於中小學大力推動STEAM教育，包括開設小學科學科，在2023/24學年公布課程框架，2025/26學年起推行；在2023/24學年開展數學課程的支援項目，以提升學生數學應用的能力；以及加強發掘和培育本地STEAM精英。

2023年度香港行政長官施政報告 / STEAM教育

https://www.policyaddress.gov.hk/2023/tc/p162.html

前言

縮寫意思

STEM由S、T、E、M組成，分別代表Science、Technology、Engineering及Mathematics，中譯是科學、科技、工程及數學，意思也顯而易見，都是屬於理科知識。

但隨著著發展，只側重於理科，逐漸惹來層出不窮的意見聲音，過於沉悶、偏向男生、軟性不足…所以增加了Arts 也就是藝術的成份，演變為STEAM。

至於為什麼會是藝術？最初時聽過最多人列舉的理由，都會談論到Apple公司已故創辦人Steve Jobs，以他的iPhone為例證：即使科技產品如何足以改變世界的，也要考慮產品外形，所以是STEAM教育。教育局也在2022年正式將STEM改為STEAM。

唯獨，Arts也不只有「藝術」的單一解譯，它也可以是「人文科學」：歷史、文化、文學、語文以至德育。故此，在部分人理念，STEAM教育需要與人文科學緊扣，學習內容不會停留在理科或IT知識，舉例同學創作搶包山機械人、爬龍舟機械人，以介紹傳統節日文化，又

或是以AI生成繪本講述德育故事。簡而言之，STEAM教育下，跨學科合作的維度會更廣闊更多元化，甚至乎可以有更多的延伸學習。

話說回來，即使坊間還是談論STEM時，STEAM已成為部分學校的發展方向，與此同時，還有學校會提出STREAM理念。既然有著官方肯定的STEAM，當中的A也可衍生藝術或人文科學的不同理解（事實是AI的出現，也部人開始以AI演譯STEAM），對STREAM的R的講法就更五門八門，當中最常見會有：

Reading：在學習路上，尤其是進行科研，閱讀是必須的。部分以 STREM 理念的學校，更會搜羅不少科學、科技類相關課外書，放在圖書以供同學查閱。

Reunion：無論是參加創科比賽，又或是進行不同創作，不能單打獨鬥，重要是團隊合作。同學從中亦可學懂與人溝通、交流以至是團隊精神等軟實力。

Recycle：現時，環保教育以是聯合國提出的17個可持續發展目標，都是同學需要學習及認識，所以循環再用的概念也是重要。

Religion：對於有著宗教背景的學校，無論是否從事創科項目，同學都應該抱著「侍奉他人」的心態，將所識所學服用於服務社會、服務他人。

十大好處

既然全球言論均指，必須儘力發展STEAM教育，甚至還不限於小學或中學，還該下延至幼兒教育，上延至整講及社區氛圍。究竟STEAM教育有什麼好處？

1. 實現個人化學習

由於每個學生均有其獨特之處，STEAM教育的多元優勢，便可鼓勵學生根據個別興趣、技能或專注領惑，由老師或自己制定學習目標，掌握學習節奏，展現個人特長。

2. 提升學習動機

以解決實際問題為主導，學生可感受到幫助別人的成功感及箇中意義；而STEAM教育涉及不少有趣的明日科技，也可激發學生好奇心，甚至從中找到自己擅長的學科。兩個層面的影響，學生必然願意主動學習更多。

3. 建立解難能力

STEAM著重學生在面對問題的解難能力，而非STEAM知識有多高。所以鼓勵同學不定要涉及STEAM知識，只是培養他們可透過創意或日常所學，為實際情況提供可解決的應用方案。

4. 培養批判思維

透過問題為本的專題研習，STEAM引導學生自己發掘並分析問題，提出假設，思考及設計解決方案，再靈活運用跨科知識將之實踐出來，過程中還需經過多次反思及自我評估，務求取得最佳解難成效。

5. 培養創意思維

在解難過程中，同學可發揮創意，綜合所學知識，用全新角度及方法改進方案。又或從失敗過程，激發更多創新點子，嘗試「跳出框框」打破傳統的方法。

6. 激發探索精神

STEAM教育強調沒有標準答案，專題研習都會由學生以跨科知識解決。學生可不斷嘗試不同方法，進行反覆研究，積極面對研習過程的難題，培養熱情求知的探索精神，

7. 提升溝通技巧

進行專題研習時，學生一般需要根據主題做交流及分享彼此想法，解釋自己的設計及構思，有助鍛練說話表達能力。但溝通是雙向，學生也同時學懂聆聽別人說話能力，以及開放討論的相互尊重態度。

8. 增加團隊意識

學生經常在不同小組中，完成跨學科專題項目，所以學生必須學懂分工合作、各司其職。與此同時，學生必須明白彼此是一個整體內的一分子，成員間的尊重及互信互勉亦是非常重要。

9. 啟發領導才能

在團隊合作中，部分學生可能啟發潛藏的領導意識及決策能力，尤其是面對自己最感興趣的課題，又或自己力有所及的學科時，便可擔起負責分配任務、協調進度、激勵同伴的領導角色。

10. 培養環保意識

聯合國的17個可持續發展目標經常會與STEAM教育融合，學生更能理解環境問題的成因及影響，以至製作綠色產品的重要。進行專題研習時，激發保護環境的自覺。

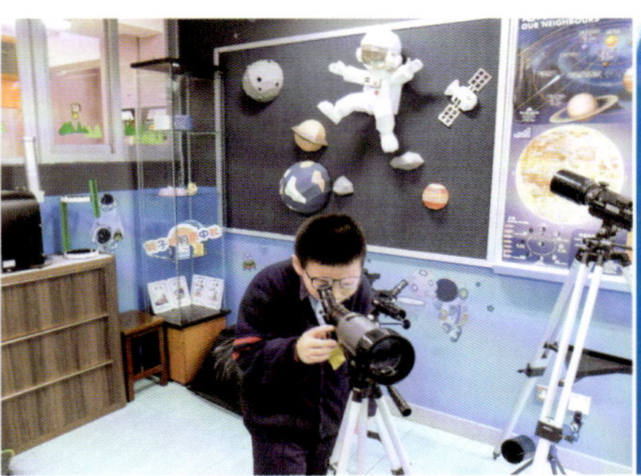

課程設計

雖說STEAM是綜合科學、科技、工程、藝術及數學的教學模式，源起也是培養科技人才。但隨著不斷演化，課程已經是千變萬化，只要是涉及創意發揮、解決問題、生活導向、都可以作為STEAM教學課程。歸納而言，常見較具體課程形式會包括：

專題研習

學生針對特定主題進行研究、分析，並提出解決方案。主題一般會圍繞生活、社區或學習痛點，例如樂齡科技是常遇到，學生會為長者設計產品令生活更輕鬆。近年，17個可持續發展目標，亦經常會成為研習主題，例如「7 ：經濟適用的清潔能源」。

科學實驗

會與傳統科學科實驗類近，透過實驗親理解科學原理，同時培養觀察、分析和科學能力。普遍科學實驗亦會扣連特定主題，例如研究蝦殼的甲殼素可以製作保鮮紙；又例如引入「鑑證」元素，對DNA進行實驗。

遊戲化學習

將遊戲融入學習之中，增加趣味性以吸引學生學習，尤其是對還未知STEAM為何物的初小學生。最常見是「不插電編程」，學生控制機人在地圖上完成任務，訓練邏輯思維。又例如摺紙飛機，玩得開心，摺製過程有著不少STEAM元素在內。

跨學科整合

不限於STEAM幾個學科，還會融入其他學科以豐富學生學習體驗。舉例與中史科融合，還原古代投石機，既帶出歷史知識亦滿足科技元素；又例如融合家政科，製作分子料理；以至還可以將生命教育、視藝、AI、語文拼合成一個課題。

體驗式學習

學習不定困在課室，也需要出外走走。所以到出海觀看珊瑚生態、到野外實地觀察有機耕作、參觀中國航天科技學院、訪問某某科技中心，都是讓學生擴闊眼界，亦對學習有種真實感，

主題學習活動

目前，普遍學校每年都會設立 STEAM Day或STEAM Week，在一個時限內舉行一系列相關活動，串連整間學校，讓學生可從不同角度學習。曾有學校便以海底世界作主題，同學會以環保物料製作船仔，初小同學則繪畫海底生物，學校還邀請海洋專家分享。

編程教育

可說是最基本也是每間學校都會設有的課程，學習Scratch、micro:bit、python等等程式語言，訓練編程能力。機械人、機械車、機機臂、無人機則會作為輔助硬件，觀察編程效果。

中學

結合商務市場學習

在中學的STEAM學習，明顯地或會加入市場策劃的商務概念，讓同學在創作發明之後，繼續思考如何將它們實用化或商品化，以至是在市場上推出。部分學校還會在校內以至一些商場舉行「產品發布會」，讓同學嘗試以各種市場銷售技巧，吸引大眾購買，從而領略發明即使概念如何前衛，也需要向公眾介紹，才能在社會廣泛流傳。與此同時也是讓即將投身社會的中學生，可以作為生涯規劃的一課。

基督教香港信義會元朗信義中學
沙田循道衛理中學
香港聖公會何明華會督中學
基督教香港信義會宏信書院
佛教沈香林紀念中學
香港教師會李興貴中學
香港四邑商工總會陳南昌紀念中學
萬鈞匯知中學
聖傑靈女子中學
潮州會館中學

（按剔除辦學團體名稱後，依筆劃順序排列）

全校貫徹
推動AI科技

基督教香港信義會
元朗信義中學

在推動STEAM教育過程，基督教香港信義會元朗信義中學有點與別不同，定位異常清晰，卻並不流於口號形式，是傾全校上下用心地貫轍實行。故而，滲入AI技術後，也能很快打通校內各個方面，老師教學、學生培育、家長溝通乃至外地姊妹學校交流，無不有著AI技術在裡面。深入程度予人佩服之餘，也更佩服尹浩然校長對AI科技這個未來必要技能的底氣：「駕馭科技」。

前排中：尹浩然校長，
第二排左起：陳耀明副校長、鄧智荔副校長、譚建勳副校長
後排： STEAM發展委員會成員（不能盡錄）

科學延伸改善生活

翻看元朗信義的網頁，會發現中三級的「科學延伸（Science Extension）」科，它可理解為將不同科目元素滲入STEAM學習的一個專題研習。STEAM不是單一科目，也不應該只是理科或藝術才用得下去。它是綜合所有科目，激發學生創意，運用所學及吸納前人知識，力求解決問題及改善生活的課程。

所以在科學延伸科中，學生在經過上學期接受獲邀到校教授AI知識的大學專業人員指導，乃至修習包括：生物科技、數據處理、DNA抽取、編程等等知識後，下學期便會分組按照每年不同主題，觀察生活需要，以同理心配合Design Thinking概念的運用，構思方法解決，達至「以人為本」目標。尹浩然校長表示，每年校內STEAM Expo上，同學還需向師生，家長及到校參觀的小學生講解及介紹作品理念，挑戰自我演説能力。已是中四的陳希翹與同學去年便針對社區發生的罪案，創作「Protech」地圖，將事發地點半徑150米範圍作出標示，提醒途人注意。陳希翹今年更帶著作品參加了城大的 Science Project，自行繼續研發，ProTech，希望不會再有受害者遭遇不幸。

用知識改善未來

科學延伸科剛過去一年的主題是「Living in the Future」，幻想2030年未來生活狀況。這正回應了「為什麼學習STEAM ？」，不就是為著讓學生思考現在社會有什麼難點，再運用知識、科技及創意作出改變，為未來家園有所造福嗎？學習STEAM乃至AI都是為著應用到未來，不是為學而學。所以由梁仲希、袁靖霖及林蔚昕三位同學所發明的「聲能發電機」及「海嘯警報系統」，也是考慮到未來地球資源缺乏且寶貴，所以希望將無用東西轉例如噪音，可轉化為電能這種有用東西。

另方面，改善未來也不純綷是由學生主動去做，也可以是氛圍改善後學生所身處的未來。

01. STEAM EXPO 中學生向劉偉海部長(右)及陳健雄校監介紹作品。
02. 陳希翹創作ProTech的起因，便是身邊也曾有同學遇到不快事件。
03. 被清華大學免DSE成績收錄的譚子杰同學，即將修讀的交叉工程，也是綜合不同工程的學科。
04. STEAM EXPO中學生會設置攤位展示作品。
05. 左起：梁仲希、袁靖霖及林蔚昕，他們分別創作了「海嘯警報器」及「聲能發電機」。

怎麼說？舉例AI應用便可以打破從來的貧富懸殊。以往，富家子弟可招聘大學教授做家教，基層孩子只能靠自己；現時AI基本上什麼都可作解答，每名學生的學習都可取得改善。

加上，AI還可輔助老師教學。元朗信義早於兩年前，便在中英科透過AI批改功課及作文，也有用於糾正發音，同學亦可自行將課業讓AI批閱，進行自主學習。譚建勳副校長也透露，即將也會引入AI出題系統，就住不同科目或課題，透過學校過往試題庫，讓AI生成新題目，並評估學生答題情況，以助老師了解學生哪方面需要加強及解決。學生也可按照自己溫習進度，透過AI題目自我考核，令學習變得有效率。尹校長亦笑言，AI也讓學習可以回歸「學問」的根本，同學需要「學」習發「問」，懂得向AI輸入prompt，也就是認識prompt engineering，有效發問才可取得更完善答案。

非讓AI牽著走

在元朗信義裡面，即使不是與學習相關，同學也會使用AI，舉例學生會有一個「數碼分身」，只需輸入自己相片，便可創造自己的數碼分身，擔當類似校內每周五廣播主的播，將需要演說的內容講出來。又例如可用以分析及評論演說技巧的Moodie AI，同學可借助軟件背後數據庫的支援，不斷自我訓練及提升自己的說話技巧。類似應用，元朗信義同學都習以為常，這並沒問題也備受鼓勵，唯需要懂得「御物」，好好駕馭它，而不是「御於物」，讓它牽著走。訓導主任陳倫博老師便表示，AI存在不少「Deep Fake」，同學容易被它誤導，所以需要一個強大的資訊素養架構，為同學在價值觀層面、道德層面訂立守則，避免善用變成濫用。陳耀明副校長亦補充，AI是個強大工具，但要如何使用它？應用程度到哪裡？是否用AI生成一份功課直接便遞交？都是資訊素養框架內需要涵蓋。簡而言之，愈是在數碼年代，愈是需要資訊素養的培訓。事實上，不只是AI，尹校長坦言，愈來愈多的新科技的不斷出現，如果沒有底氣駕馭它們，只會拖慢學習的腳步。

話説回來，負責學生成長的鄧智荔副校長則指「駕馭科技」的同時，還要鼓勵同學「樂學人生」，在AI或新科技的年代，學生科技學習能力快速，卻逐漸顯得內心空虛，感覺乏人關心，必須多重視他們的幸福感，鼓勵他們在生活上多作嘗試，面對科技帶來的轉變，需要學會迎接它與擁抱它，時刻保持同理心，將科技應用到怎樣為改善社會、幫助他人之上。

全學科共同參與

元朗信義早前還設立STEAM發展委員會，成員除了數學科、物理科、化學科等理科老師之外，還包括語文科、歷史科乃至音樂科老師，不論文理科，都參與進來經營AI這個科技。就以看似最沒關係的歷史科而言，負責的任婉瑩老師表示，歷史科應用上可能較多是讓AI作為助手，搜尋對課業有用的輔助資料。不過，由於歷史科答案都有一定框架，又會有正面或負面答案，以至一些演化趨勢，如何給予適當指引來訓練AI也是學習重點。

即使看似是STEAM中與藝術（A）相關的音樂科，負責的楊漢軍老師坦言一直以來在創意上都稍有缺失。AI則將這塊補了回來，透過生成圖片，即是天馬行空的創意亦變得具體，可為音樂創作提供不同靈感。創作之餘，音樂也側重於風格分析，尤其流行音樂有著不同風格，但現時只要向AI指示生成什麼風格音樂，同學回答起來便更容易。楊主任更指，AI的存在也讓音樂科可以與更多學科合作，舉例可為藝術科的圖畫創作音樂，又或憑藉AI生成舊朝代圖畫，再以AI配合創作該朝代音樂，便可用以研究分析甚至還原場景。總的來説，正如尹校長表示，必須要文也好理也好，都給予學生AI或其他科技與自己息息相關感覺，這個科技才是真正融入生活。

06. 經常會上台演講的黃鎧澄（左）及王樂知同學，都會用Moodie訓練演講技巧，當中的虛擬觀眾可以為她們的表演評分。

07. 左起：譚建勳副校長、科學科主任何雋彥老師，訓導主任陳倫博老師、韋慕琹助理校長、陳耀明副校長、數學科主任方信希、音樂科楊漢軍老師、歷史科任婉瑩老師，不論文理科，都是STEAM發展委員會成員。

07

一齊做才會更容易

什麼叫全校上下貫轍實行？所有學生在應用、文理科老師都是投入進來，還需要家長的共同參與，這樣才算吧！元朗信義設有一個叫做「義家易」的家長學堂計劃，尹校長笑著解釋：「喺信義呢個家，一切合作就乜都好易」。始終家長或許未能明白子女科技發展下的學習情況，誤解為玩手機玩iPad，所以才需要同步地重視家長教育，亦可以令STEAM或AI教育推展更容易。

鄧副校更表示，家長教育也有著不少好處。假設同學在使用溫習軟件，家長亦可能有興趣了解，希望從中幫助子女學習，學校便可讓家長一起學，不單為家長子女之間增加溝通頻道，家長也可多加理解子女需。不過，這裡也必須取得一個良好的平衡點，在為家長解惑有關手機沉迷的迷思後，還要反過來教導學生，科技並非完全凌駕一切，仍是有所底線的。

讓各界成為學生夥伴

即使學生如何在校內受惠AI技術，老師確實存在限制，元朗信義於是安排學生走出校園，參與內地或海外比賽開闊眼界，早前便有幾位同學遠赴瑞士參加日內瓦發明展。此外，還會尋求社交各界的合作，例如「Marty機械人領養計劃」又或衛星學課程，都是務求為學生取得更多夥伴，也讓學校有更多力量前行。

夥伴也不只來自科技界，與BL Beauty合辦的「YLLSS Ideation in Business創業比賽」，便是一次商校合作的實踐，既在於激勵同學發揮創意，亦可培養商業意識 。參與的四組隊伍，主要圍繞回應元朗信義司學的情意需求，再經市場調查、制定行銷策略等環節，展示商業構思研發美妝產品。過程中，他們會透過AI以數據分析及產品設計等，為產品定位與行銷策略，並以此依據再利用生成式AI製作歌曲影片等加強宣傳。

08. 陳殷悦（左一）及梁仲希（左二）設計的太空栽培植物，以及鍾溢暉（右二）及黃皓駿創作的太空垃圾檢拾衛星均在早前日內瓦發明展獲獎。

09. 左起：陳怡璁、譚子杰、陳殷悦及陳嫚庭都參加了一個衛星課程，學習航天知識。

10. 梁廷謙及王樂知都曾經在中一時領養了Marty，帶返屋企「照顧」。

11. 早前在倫敦Bett Show會場舉行的Marty Global Challenge中展示成果時，與教育局蔡若蓮局長合照。

12. 早前代表香港區前往美國休斯敦出席First Lego League大賽。

13. 學生於日內瓦參加的設計產品（金獎）。

14. 學生於日內瓦參加的設計產品（銀獎）。

15.「YLLSS Ideation in Business創業比賽」中學生透過善用AI，得到一眾商界領袖評審肯定，勇奪冠軍。

16. 後排右起：何詩琦、黃鎧澄、游心瑜、陳希翹及謝舒悠，前排：余懿。他們便是便是勝出的三組，其作品已由BL Beauty投產中。

獲獎隊伍的產品更將在年宵時，推出市場及在內地大型Spa中心上架，助力「出海」香港海域，拓展市場。陳副校及韋慕栞助理校長均表示，比賽是成長印記，也是一個實踐舞台，同學藉創意與團隊合作獲得展現自我的機會。而透過專業評審提供的建議，亦將成為同學未來成長養分。與此同時，以此為契機，有助日後推動更多元學生在各領域發光發亮，讓創業實踐賦能成長 。

近年，國際化津中亦是元朗信義另一個定位，而為了在校內營造外語氛圍，還讓同學可選修德語、法語、日語、韓語及西班牙語，由專屬外語老師任教。隨著AI發展，同學還可使用外語學習程式，實現自我學習。韋慕栞助理校長更表示，從前年開始，學校還啟動Global Project計劃，每年連結全球35間姐姊姐學校，針對一些全球共同議題，進行跨地域專題研習，讓元朗信義學生擔起世界公民的責任。為打破言言障礙，更會借助AI翻譯軟件，即使是日本學校同學，彼此語言都能被轉譯，在「再無巴別塔」下實時溝通。尹校長最後再次強調，STEAM不能只是數學、理科或藝術各有各做，這和從前的科技學習還有什麼分別？更不可能在同學成長後，創新一代。

尹浩然校長 對STEAM教育意見

必須保有自信去駕馭AI

作為教育工作者，要相信學生有能力做到才有魄力，否則總會有無數困難、困擾擺在前面。但事實是，學生的能力比老師更厲害，拿元朗信義的STEAM Expo來說，同學設計在太空栽培植物的計劃，證明只要相信他們可做到，他們就會做到。再說，千里馬也要伯樂，今天只要給予同學一個創意平台發揮，舉例AI應用，他們很多時已不需老師教授，自己都能摸索好多東西出來。

談到AI，未來發展中，它必定更全面融入教育，成為學生學習、成長的重要部分。學校不僅須要推動AI落地，更須改變教學方式，由過去傳授知識，轉為啟迪學生，幫助他們駕馭科技，找到個性與價值。即使AI如何強大，人類依然擁有思考與情感的獨特性。正如17世紀哲學家笛卡兒「我思故我在」，應以自信面對AI，專注於自身定位與價值，這才是應對未來的底氣與力量。

▲「Fantastic Six」是元朗信義STEAM 團隊，也是貫轍全校一齊推動AI的核心。

音樂劇
團圓
BETTER DAYS
福
福
WORLD-CLASS
TEACHING AIDS
PRISTER ACADEMY

THE SOUNDS O
CH
基督教香港信義會元朗信義中學
THE ELCHK
KIN-BALL

前排：張翠儀校長，中排左起：蕭皓聲副校長、黃麗文副校長，
後排左起：胡嘉爵老師（電腦科主任）、王家威老師（STEAM科主任）、
黃瓊慧老師（科學教育學習領域統籌主任）、
盧詠珊老師（資優教育統籌主任）

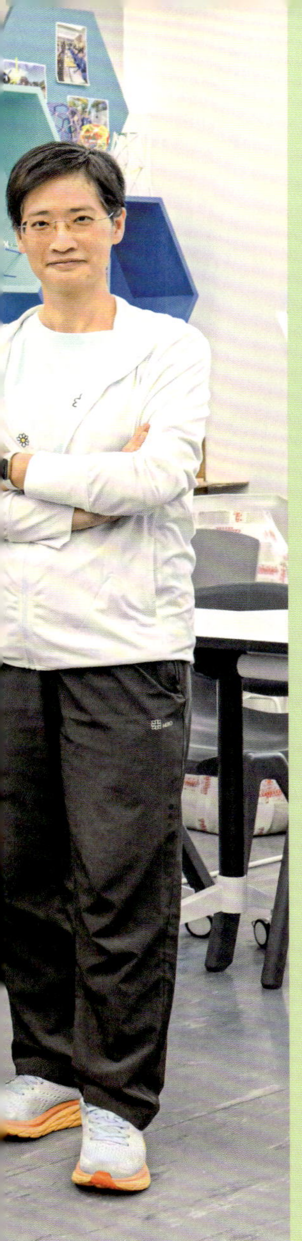

「點、線、面」構築STEAM全面發展

沙田循道衛理中學

普遍中學，著重學生發展的全面及多元化，未必過份集中於某部份來刻意製造濃烈STEAM氛圍，走在沙田循道衛理中學（沙循）的校園，或許也只偶而看到一些STEAM相關擺設、海報和資訊，未見大張旗鼓宣傳STEAM。但事實是沙循的STEAM學習是以自然連繫、有機結合、圓融滲透於課程內外，從中一年級的課程作為起點，逐步連線貫串至高年級，乃至全面覆蓋到跨科、跨校、跨境，讓同學處處都可抓緊學校為他們所創造的機會，發展自己的興趣及潛能，在STEAM學習上發光發亮。

發挖中一、二生創科潛能

剛升中的新生往往保有強烈好奇心，也處於建立跨學科思維及培養動手做習慣的階段，可說非常適合STEAM這種將不同知識融合的學習。因此沙循在中一及中二級課程內獨立設置STEAM科。STEAM科科主任王家威老師指出，在中一及中二階段接觸 STEAM可讓同學儘快掌握知識整合能力，發現自己的興趣，讓學校更容易因材施教，協助同學爭取更高成就。

此外，鑑於世界的發展方向，負責學術發展的黃麗文副校長深信STEAM科也可以作為平台，擺脱傳統的學習模式，讓學生將科學知識實際應用來解決生活難題，以至回應聯合

國提出的17 項可持續發展目標，這也是沙循近年學校發展計劃的方向，期望學生「勤學當下，放眼未來」。因此，STEAM科也會採用problem-based及project-based兩大方向，務求透過一個個真實情景的問題或社會議題，引導同學運用科學思維，主動探索、分析、

思考解決方法，讓同學實踐自主學習，增加同儕互動，共同提升科學素養與解難能力。

延展至全方位學習

事實上，沙循STEAM科的學習內容也確實啟發同學關愛社會。科學教育學習領域統籌主任黃瓊慧老師舉例，六年前沙循參加了香港中文大學「育養珊瑚校園計劃」，學生親身透過水質檢測、記錄珊瑚健康成長，讓同學探索水質與珊瑚成長的關係。

及後，相關水資源的探究活動也演化為STEAM科內學習內容，同學不單會思考改善水質的方法，還會動手製作智能澆水裝置(Smart Watering Device)。過程中，學生認識到從前本港曾經出現制水問題，更能深切了解珍惜用水的環保議題。

01. 初中同學的STEAM學習，可培養對地球的關愛。
02. 作為STEAM科前身的 設計與科技科，STEAM的創客室(Makerspace Centre) 保留了設計與科技科的器材，供同學體驗動手做。
03. 現時實驗室內仍會繼續由同學負責養殖珊瑚，成長後則會放回吐露港海底。
04. 同學們也會出海觀察香港海底的珊瑚。
05. 透過虛擬實境可更容易明白珊瑚生態。
06. 放在魚缸養殖，珊瑚依然成長得很漂亮。

透過科技造福他人

沙循的STEAM科還有另一個造福人群的學習內容：智能家居。該計劃鼓勵同學本著同理心和關愛他人，運用人工智能(AI)科技改善人類生活，早前一個保障獨居視障人士家居安全的設備便是一例。

電腦科科主任胡嘉爵老師表示，電腦科還會參與到智能家居的課題，配合機械臂及編程學習，令同學可觀察程式實際應用，提升學習成效。此外，胡主任亦計劃持續提升給予學生的STEAM學習體驗，下一步將會在機械臂加入鏡頭，日後也可延伸至AI學習用途。

STEAM Week擴展學習

回顧沙循的STEAM發展，張翠儀校長表示，其實早在2016至2018年間已開始舖墊，包括支持同學由零開始自主製作可供乘坐及駕

07. 同學正在研究如何編程機械臂。
08+09. 課室內的機械臂，在STEAM科及電腦科也會有所應用。
10. STEAM Week內會找到課堂上較少接觸的學習體驗，製作氣墊船就是其中之一。
11. 同學也可嘗試一些新奇科學實驗。
12. 科學問答比賽是中三級的重頭戲。
13. 由老師帶領，同學參與的創科比賽，曾獲不少獎項。

07

08 09 10 11 12 13

駛的電動車，以及鼓勵同學參加本地及國際創科比賽、活動及展覽，甚至積極籌建Makerspace Centre方便STEAM學習。及後，為強化跨科合作的理念，以及增加同學的體驗學習機會，持續籌辦一年一度的STEAM Week。

14. 專門供STEAM科使用的MakerSpace Centre。
15. MakerSapce Centre的一邊牆上放滿了近年來同學參與 4D Frame比賽的作品，彰顯同學取得的成就。
16. 4D Frame即場製作。

在STEAM Week上，不單中一及中二同學可展示創科作品，還會透過結合科學、編程、動手解難等技能完成一些小任務，本年度其中一項活動，就是讓要求同學用LEGO拼砌昆蟲再以編程模擬動作。至於其他同學也有機會參加科學實驗或動手做的活動，親身體驗最新科技。

坊間機構也會受邀到校介紹最新的科學技術或發明。正如負責學校管理的蕭皓聲副校長

所言，平常較難以系統化教學展示的新生科技和科研成果，在STEAM Week上都儘可能給同學親身探究，延展STEAM學習。

15

創造機會發揮所學

張校長經常強調，學校會儘力創造機會，讓同學發揮潛能。資優教育統籌主任盧詠珊老師補充，沙循的資優教育正正是讓同學展現才華的重要課程，被挑選進資優班的同學，將學習進階編程或有更多動手做的機會，還可參加大型國際創科比賽，其中包括南韓知名的「創意數理科學4D Frame比賽」。盧主任表示，4D Frame主要是讓參賽同按照既定任務，利用塑膠支架拼砌物件，考驗同學的工程學、力學以至邏輯及創意思維，也增加對建築學認識，過去曾有參賽同學在畢業後，升讀大學的建築學系，實證比賽對同學的鼓勵。

16

接觸更多新科技知識

沙循的 STEAM 科確實是個科學搖籃，現年均為中四的蔡立定、盧皓廷、陳諾及譚僖哲便是從STEAM科發現自己的興趣，再進入資優班學習進階知識。幾位同學更表示接觸STEAM後，都會希望親手製作事物並加入編程來解決不同生活的問題。再者，繼續學習下來，還可接觸如 AI 等新科技，知得愈多，愈覺得探究科研學問十分有趣，也更激起他們日後升讀大學選修電腦或工程學系的動力。

▲ 左起：蔡立定、盧皓廷、陳諾、譚僖哲，他們四人早前更組隊拼砌了一部電動車贏得2024粵港澳大灣區AI技能競能賽銅獎。

話説回來，資優班最重要是希望同學可將編程與動手做配合，進行發明創作， 延續STEAM學習。黃瓊慧老師補充，即使中四後沒有常規的STEAM科，同學仍可以將 STEAM所學習到的知識、技能和精神，透過聚焦到科學範疇，創作發明品解決生活遇到的問題。舉例已有超過半世紀歷史的「香港聯校科學展覽（JSSE）」，沙循每年均會鼓勵學生參加，剛過去一屆更憑「藻本重金屬與微塑膠過濾裝置」發明取得第七名佳績。這正正因為科學研究項目，也是必須運用創客思維、科技應用、編程技能等等知識來製作展覽用的實體發明品，這不也是STEAM學習機會嗎？

放眼國內創科發展

從鼓勵同學參與如4D Frame或JSSE等本地或海外創科比賽，大概可以明白沙循的

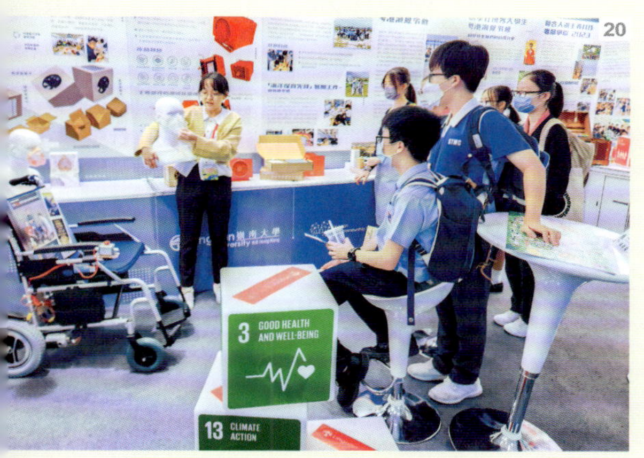

18. 4D Frame比賽，沙循也是屢獲佳積。
19. 聯校科展或其他科學比賽可延展高年級同學的STEAM學習。此次的展品是藻本重金屬與微塑膠過濾裝置。
20. 遠赴海外參加比賽，當然也要走訪其他展位了解科技發展。

STEAM學習並不局限校園之內，也極為多元化。黃瓊慧老師進一步介紹，同學過去曾到訪深圳的華大基因，以及國家的基因庫，了解國內的生物科技發展。

本年度，同學還會參觀太空科技南方研究院，並搭上館內離心機，一嘗身處外太空的感覺。王家威老師解釋，沙循帶領同學到訪不同的科技領域機構，最主要還是基於沙循強調「為學生創造機會」的理念，讓他們大開眼界，遇到感興趣的學科，日後自主慢慢「深度學習」下去。

AI作為未來重點

在即將探訪的國內科技機構中，還包括了百度無人車、美團等等以AI為主的公司。這也揭示沙循未來以AI為重心的STEAM學習藍圖。同學甚至已正為香港大學即將舉辦的首

從STEAM找到未來志向

但另邊廂，已是中五的林恩灝則有點特別，他坦言不是進入沙循之後才對科學有興趣，而是自小熱愛探究一些旁人眼中古靈精怪的問題，例如：「天空為甚麼是藍色的？」沙循的STEAM科正正並不局限於任何學科知識，有機會讓學生接觸從未聽說過、教科書沒有的新事物，很是有趣。而從中他也找到自己的志向：地球科學（Earth Science）。

▲ 林恩灝坦言喜歡動手做，所以參加了兩屆的4D Frame。手上拿著的便是上屆用以完成盛載波子任務的「籃子」簡化版。

屆AIInnoHelth比賽做準備，透過創新的AI應用來醫治疾病。

不過，醫療科技及應用AI對其他學校的學生也許有一定難度，但對沙循的同學則可能不是了。只因沙循校內不單早已有一個近二十年歷史的中藥園，還會讓中二級同學在STEAM科每年修讀八堂中醫課程，由註冊中醫師教授包括望、聞、問、切及藥理的基本知識，所以同學早已對「醫療」有所掌握。最前瞻的是，中藥園也即將引入AI應用，同學將學習以AI辨識中草藥。換句話說，沙循的同學對AI在醫療的應用也不會太陌生。

此外，沙循已參加教育局的AI in Science計劃，將培訓六名老師如何 AI導入科學科。簡而言之，無論是學生或老師層面，AI的學習及應用已是密鑼緊鼓地準備，為的也是張校

激發對未來科技熱情

最近才在香港城市大學電機工程學系的「人工智能物聯網（AIoT）編程、工程及創業」計劃奪得Champion獎項的區嘉朗，其作品「智能睡房」可監測用戶睡眠狀態調整室內環境。

他表示STEAM科可接觸關鍵技能，無疑激發他對未來科技的熱情，課程內強調的實踐和應用，亦對其創作有深遠影響。至於未來，他現下只想升讀大學打穩科技基礎。

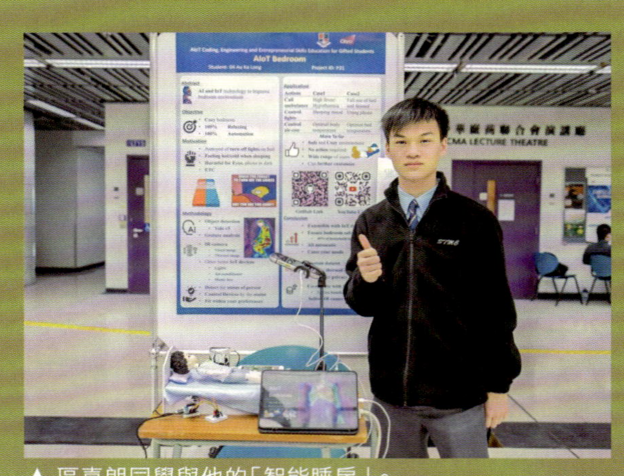

▲ 區嘉朗同學與他的「智能睡房」。

長常說到「機會」，給予同學多方面的嘗試，冀望學 生總能從中發挖出自己的興趣，日後才能將潛能發揮。

21. 太空種子的種植，給予同學接觸航天科技體驗。
22. 走訪不同科學機構，也是學校為同學創造可開眼界的機會。
23. 同學於香草園打理植物。

張翠儀校長對STEAM教育意見

期望小中大學有更多銜接

在STEAM教育的發展過程，張校長笑言沒遇過甚麼困難，原因是沙循的教師團隊教學能力很強，同學的學習動機及能力也很高，因而產生相輔相成的效果，令學校在發展上具備前瞻性及多元化。張校長坦言，若硬是要說困難，可能是普遍學校均面對的「空間不足」，例如學校沒足夠場地進行航拍、研發大型機械人以至其他的學習和訓練，同學難以全面展現或充份發揮才能。

此外，在小學、中學乃至大學的課程銜接上，張校長也覺得有需要多加注意彼此的扣連。她以拼砌機械人為例，課堂上會有同學從未接觸，亦有部分同學表示小學時已學習，但即使曾經接觸過，程度也有參差，教學上較難兼顧。再說，大學也有機械人課程，每年都會有大型機械人比賽，若然有政策可讓中學生現場觀摩，認識到原來機械人可以在如此大規模場地比賽，又可以完成怎樣怎樣的任務，拓闊學生的眼界和想像，這些都會對同學在學習STEAM有更多啟發及感受。

> “小學、中學乃至大學的課程該可以有更好銜接。”

人大代表议事会

普及化的 STEAM學習經歷

香港聖公會何明華會督中學

STEAM教育以跨學科學習為核心，致力於培養學生的創意思維和解難能力。香港聖公會何明華會督中學更進一步將STEAM教育理念融入日常學習，將其滲透至不同學科，促進各科之間的溝通與聯繫，讓每個學科在STEAM教育中均能發揮其獨特的作用。這種學習模式不僅打破了STEAM學習局限於單一科目的框架，更透過多學科的融合，讓學生參與多元且豐富的學習活動。透過將各學科知識和技能融會貫通，不僅能激發學生的學習興趣，還能全面提升他們的綜合素養，使跨學科的創意思維與問題解決能力在日常學習中得以充分發揮和實踐。

左起：梁浩昇老師、葉子俊老師、
黃志華老師、金偉明校長、
林嘉穎老師、梁樂昕老師、
莊坤霖老師、陳裕能老師

對等交換學習轉為內在學習

傳統教育常被形容為「對等交換」式教育，即學生透過努力讀書，換取「優異成績」或「升讀知名大學」等回報。然而，這種模式下所學的往往是固有知識，難以應對瞬息萬變的世界。何明華會督中學校長金偉明表示，STEAM教育透過多元的跨學科活動，致力於培養學生的軟實力（Soft Skills），如解難能力、應變能力及堅毅精神等，幫助學生為未來挑戰做好準備。值得注意的是，軟實力並非僅限於科技學習的範疇。

STEAM教育還經常以社會議題為切入點，讓學生學會以同理心看待問題，並將所學知識應用於幫助他人、社會及世界。簡而言之，這種學習模式從傳統的「對等交換」轉變為「內在學習」（Intrinsic Learning），引導學生從內心出發，以更積極主動的態度探索與實踐知識。

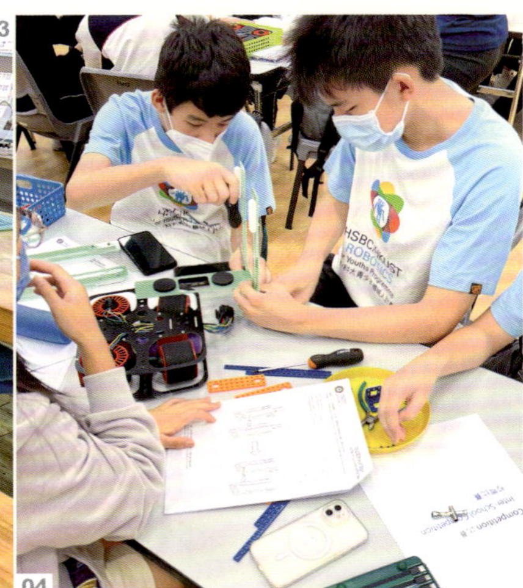

全年學習過程

為促進學生在不同學階段的全面發展，何明華會督中學設計了一系列與STEAM教育相關的校本課程和專題學習項目。

中一學生每星期會參與「創意價值教育課」，這門校本課程旨在幫助剛升中學的學生適應新環境，並透過「動手做」的項目，培養他們的實踐能力和創意思維。同時，課程內容亦十分重視價值觀的培養，為學生日後正式進入STEAM學習打下基礎。

01. 負責STEAM教育的老師團隊。
02. STEAM學習側重培養學生的軟實力。
03+04. 學生會以「動手做」進行不同專題創作。
05. 專為AI課程設立的Microsoft AI Inno Lab。
06. 配備大量Mac電腦的Mac Studio。
07. 用作生涯規劃教室的Future Arena

AI幫手選擇中性筆

在中四級的Future Leaders Program，其中幾位同學選擇以學生日常頻繁使用的中性筆為主題，圍繞：價格、速乾、脫墨、流暢性及防水性，編程了一個AI聊天機械人，供用戶查詢如何選擇合適中性筆。

過程中，他們從構思主題開始，進行研究、資料搜集、數據分析、編程，甚至學習與AI對話的技巧，令聊天機械人更人性化。課程最後，他們還需提交一份完整報告，詳細記錄整個創作流程及學習經歷。這次項目不僅讓同學們掌握了AI相關技能，還讓他們體會到如何將科技融入日常生活中，實現創新與便利。

▲ 透過AI聊天機械人幫同學選擇中性筆，確實符合學生的溝思。

中二，學生會參與何明華會督中學自設的STEAM專題研習項目「思．創．好世界」。這項目每年以不同的主題(如空氣污染、環境保育、樂齡科技等)為核心，學生會用一整個學年時間進行研究並創作相關主題產品，從中學習解難能力及創新思維，並提升與人溝通及協作的能力。

升上中四後，STEAM學習進一步延展至「Future Leaders Program」。在這計劃中，學生可自由選擇自己感興趣的生活課題進行深入探討。計劃並不強制要求融入科技元素，學生可以自由發揮。然而，不少學生仍會選擇利用科技來解決問題，展現了他們對科技應用的興趣與能力。這一系列循序漸進的課程設計，讓學生在不同階段均能有系統地發展創意與實踐能力，為未來的挑戰做好準備。

金校長還將校舍三樓規劃為多元學術廊，設有多間功能各異的專用教室，支持包括STEAM學習在內的多元教育需求。

中三集中 小型STEAM項目

在中三，STEAM學習轉為以小型活動為主。其中最具特色的活動是跨學科的民族服設計。負責的趙慧怡老師表示，民族服飾富有濃厚

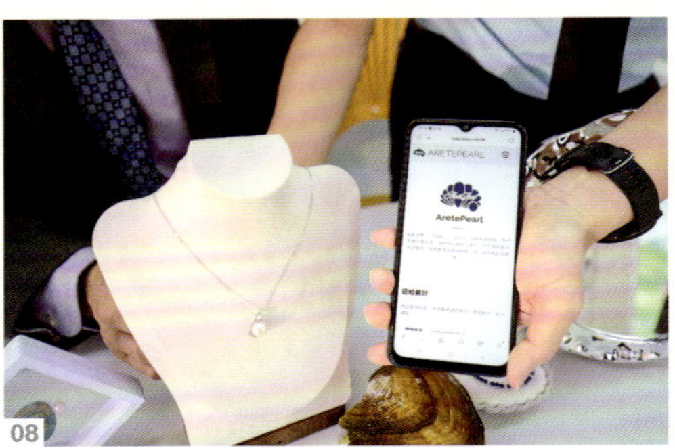

08

旗袍學問博大精深

參與旗袍製作的女同學自然顯得興奮，對她們來説是一個全新且有趣的體驗。然而，令老師驚喜的是，男同學們也表現極大興趣，還期待嘗試製作唐裝。不過，當向旗袍製作師傅請教後才得知，原來唐裝的實際製作過程更複雜，需要較高縫紉技術水平。

兩位同學在經過資深師傅的講解後，才了解到旗袍學問博大精深。例如，旗袍的開襟部分理想效果是扣上鈕扣後，布料需要完美疊合，沒有任何分隔痕跡；傳統的一字鈕製作更是需要極大耐心與技巧，學生們唯有以較為簡便的「啪」鈕取代。即便如此，這次旗袍製作活動仍讓同學們對傳統服飾工藝，有了更深認識與體驗。

▲ 製作旗袍只是課程活動，但陳穎怡(左)、吳奕霖均表示也想再做下去。

的中華文化色彩，能打通視覺藝術科、電腦科、中文科及中史科，讓學生了解民族歷史、服飾特色及相關生活文化。在活動中，學生會使用 Procreate 進行設計繪圖，並透過AR Fashion技術以360度全方位展示成品。部分優秀的設計作品，學生更會按自己的體型，親手將設計圖縫製成實體服裝，進一步提升他們的成就感與學習體驗。

“滲入中華文化色可打通文史學科。”

除了旗袍設計，中三級還有一個養殖珍珠項目，同學會負責監測及維持水質。最有趣是，同學在校園內成功養殖珍珠後，會參加專業飾品設計及製作工坊，並將珍珠製作成小飾品對外發售，可說是STEAM元素配合商業元素的企業家精神（Entrepreneurship）培育。此外，珍珠飾品中還加入了最新的NFC晶片，用戶只需拿手機掃描即可讀出注入的訊息。

08. 掃描手飾便可獲取已輸入訊息。
09. 設計優秀的旗袍都會被選出來縫製。
10. 中華文化融合課程，包括認識茶文化及製作陶瓷杯。
11. 中華文化室還掛有不少正統粵劇戲服，以及收藏有不少粵劇道具，用以學習中國傳統粵劇文化。
12+13. 在校內養殖珠可算是甚少見到。

以賽代考推動學習

除了普及STEAM教育，何明華會督中學的另一STEAM發展重點是鼓勵學生積極參與比賽。金校長表示，比賽就像「以賽代考」，能帶給學生更大的學習動力。同學的爭勝心使他們在學習過程中更加專注，並願意投入更多的時間與精力。然而，金校長也強調，比賽中失敗是常見的經歷，更重要的是學生學習如何面對挫折，將失敗轉化為成長的助力，培養堅韌的心理素質。

此外，比賽的經歷還可能為學生帶來升學與未來發展的機遇。例如，去年有一位在AI領域表現出色並在多項比賽獲獎的同學，在DSE成績放榜前，便已獲香港理工大學人工智能學系直接錄取。由此可見，參與比賽不僅能促進學生的學習興趣，還能為他們開拓未來的更多可能性。

未來更多元學習體驗

無論是養殖珍珠、滲入中華文化、建立水耕場等等STEAM項目，金校長表示，未來都會有延伸的計劃。其中，珍珠養殖會由課外活動模式改為「STEAM for All」的課程，配合中二常規科學科中關於酸鹼的學習，研究不同酸鹼值對珍珠蚌生長的影響。

14. 同學積極參與不同比賽，爭勝之餘，擴闊眼界才是重要。
15-16. 同學積極參與不同比賽，爭勝之餘，擴闊眼界才是重要。
17. 學校的種植場日後會培植更多中草藥。

校內的水耕種植計劃亦將加入更多中草藥品種，讓學生在觀察和探索中了解中草藥的生長過程，同時學習有關藥性、療效等知識，進一步融入中華文化元素。除此之外，學校還計劃邀請註冊中醫師進行講解，介紹中醫的「望聞問切」診斷方法，為學生提供更多元化的學習體驗，充分感受中醫藥文化的魅力。

金偉明校長對STEAM教育意見

重要是增加STEAM助理

香港的教育向來以考試為主導，而STEAM教育正是一個難得的突破，讓學生跳出以考試為核心的框架，自主探索興趣，專注於發展與製作作品。在運用跨學科知識的同時，學生還能培養同理心，嘗試解決生活中的難題，並學習溝通、解難、協作等軟技能——這些是傳統考試無法提供的。此外，通過組隊參與比賽，學生在取得成功感和增加自信的同時，也能提升團隊合作能力，並培養未來社會所需的學習能力。

"STEAM教育打破傳統考試框框，確實是讓同學有更多發揮機會。"

當然，學生的努力與成果有目共睹，政府也提供了一定的支援。然而，人手不足的問題依然存在。舉例而言，完成一個STEAM項目，老師的參與是不可或缺的，但在準備材料和整理場地等事前事後的工作上，仍需要額外的幫手。如果教育局能增設專門負責支援STEAM項目的助理，那麼發展會更加順暢，成效也會更為顯著。

事實上，STEAM教育發展至今已培養出一批兼具創意和解難能力的優秀學生。未來的關鍵在於如何讓更多大學參與合作，協助中學培養這些有才華的學生，使他們能接觸到更高階的知識範疇，進一步發展專業能力，助他們走得更遠。

HKSKH BISHOP HALL
SECONDARY SCHOOL
香港聖公會何明華會督中學
City Cultural Enterprise Company Limited
NG45
K-12 Educational
WRCT2025
世界机器人大赛青少年机器人设计大赛
ROBOC

左起：STEM統籌主任文伯衡老師、總校長林克忠博士、參加航天活動的中五學生陳昊（Jason）及中三學生劉雅婧（Kylie）

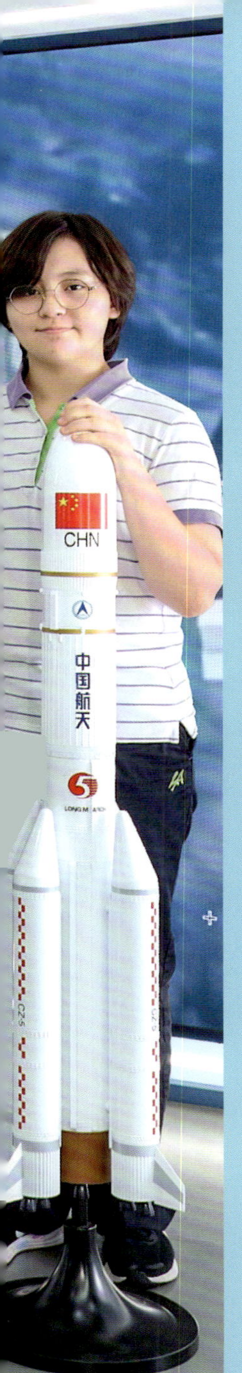

獨創航天課程
學生一飛衝天

基督教香港信義會宏信書院

航天科技實驗室通常是大學才有的設施，但基督教香港信義會宏信書院（以下簡稱宏信書院）卻擁有一間名為「Space Hub」的「航天態勢感知實驗室」。該實驗室於2024年底落成，是全港唯一一個與中國宇航學會共同建設的航天實驗室。為配合學校課程的發展，除教室的配套外，宏信書院更於本學年初，推行了小四至中三年級的航天工程科（Aerospace Engineering）作必修課程，點燃學生探索太空的勇氣及思維。

01

從發放衛星至移居太空 全面實現4個航天課題

在近年航天科技熱潮如GPS、低空經濟等，都與航天科技有關，一般學校都會開設相關的課外活動。而宏信書院就特設「航天工程」(Aerospace Engineering)作必修課程，絕對是學界史無前例之舉。總校長林克忠博士表示早於數年前，宏信書院已安排學生參加全港、全國甚至國際性的航天科技比賽，學生的比賽表現及成績都予人驚喜，至今合共獲得超過四十多個獎項，令他有信心將航天科技發展成校本課程，並將四個與生活息息相關的航天範疇，包括「衛星」、「火箭」、「載荷實驗」及「太空城市」，歸納為課程的主題。

小四學生會學習太空的基礎知識如星體和軌道；小五學生會以編程工具micro:bit設計及製造氣象衛星；小六學生則會以3D打印技術來設計並製作太空城市的模型。而中一學生則以電子編程平台Arduino作底板，製作影像衛星；中二學生會深入了解火箭的理論和知識，同時透過全球火箭的設計軟件Open Rocket來製作升空火箭；中三學生則會涉獵火箭載荷實驗及進一步思考太空城市內衣食住行等實際情況，更會學習製作在無重狀態下行駛的太空車模型，為在太空城市所遇到的問題提出可行的解決方案。

Space Hub追蹤天上衛星 收集數據強化學習應用

為配合航天課程，宏信去年年底與中國宇航學會一同建設了全港學校唯一一間「航天態勢感知實驗室(Situation Awareness Lab)」，亦即航天實驗室「Space Hub」。實驗室可連線至天台的超級望遠鏡，並擁有權限追蹤經過香港和亞洲區域上空的衛星，從中取得它們的數據。而Space Hub的整體設計更為學生營造了實際太空艙的氛圍，天花板也呈現出一片耀眼的星空，同時實驗室內也擺放了火箭及衛星模型，有不少更是由學生所製作，可讓學生身處其中時，代入成為一名衛星、太空車或載荷工程的航天科學家，從而讓他們更投入在學習當中。

體驗製作專業火箭 了解國內航天發展

除了校內必修的航天工程課程之外，宏信書院還提供了不少與航天相關的課外活動(Extracurricular Activities，ECA)供學生選修學習。

擔任STEAM課程統籌主任的文伯衡老師(Anakin)表示，宏信書院提供了高層次、面向世界的交流計劃予學生，如本年初就與中

01. 航天及STEAM創新比賽的成績給予林博士足夠信心於宏信書院開設航天工程作必修課程。
02. Space Hub陳列了學生所製作的火箭，最左則是首支由香港學生使用固體燃料劑(即火藥)推動的火箭。
03. 今天於Space Hub上課的學生中，或許會成為明日的航天科學家。
04. Space Hub的裝潢確實予人太空艙的氛圍，讓學生投入其中，彷彿成為航天工程師。

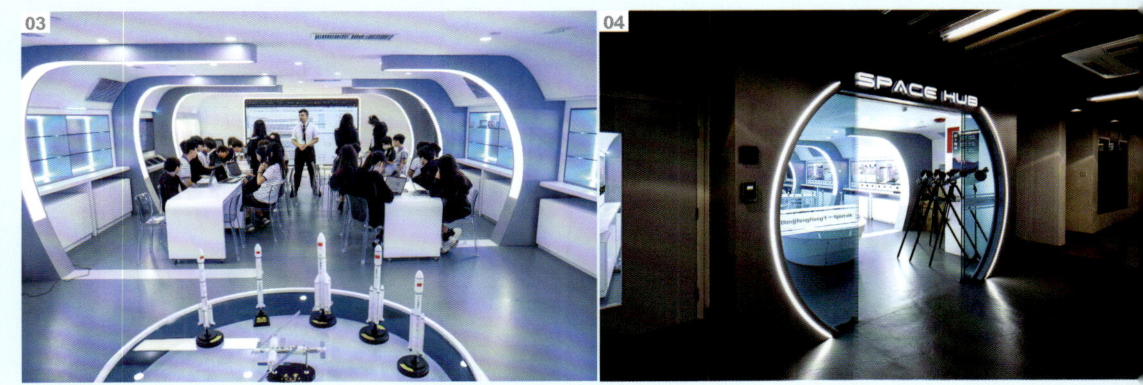

國宇航學會合辦了「中國航天科技研學團」，學生除到訪清華大學、北京理工大學及西北工業大學等頂尖航天學府，了解中國航天的最新發展外，更到訪了西北工業大學的火箭發射基地，甚至在航天專家的指導下，親手製作並發射使用固體燃料劑的火箭模型。

超學科學習模式 豐富學生學習體驗

Anakin表示宏信書院的IB課程其實早已超越傳統的跨學科，即學科與學科之間的合作，實現了超學科（Transdisciplinary）的學習模式，即強調深層次的學習和知識的實際應用。超學科學習讓學生學習從不同的角度思考，並且更深入、更透徹地了解世界的運作方式。如小學的課程其實早已將不同學科的元素，如語文、數學、科學等融入到探究式單元（Unity of Inquiry, UOI）當中，鼓勵學生將課堂所學的知識融會貫通、多元思考。

啟迪未來航天夢 獨特學習體驗成就未來志向

宏信的航天工程培養了不少明日的航天科學家，其中包括從小已喜歡觀察星空的中五學生陳昊（Jason），以及自小受工程師父親薰陶的中三學生劉雅婧（Kylie）。Jason表示航天科技是一個組合型學科，有著很多不同的航天科技理論，更結合了不同學科的知識，如物理、工程和設計，團隊成員也來自不同領域，因此讓他感覺「很好玩」，同時也獲益良多。Kylie則喜歡空間課題，因而希望接觸更多3D建築技術。而二人也參與了航天科技的課外活動，更在2025年初「中國航天科技研學團」中，結伴製作並發射使用固體燃料（即火藥）的火箭。這個獨特的學習體驗，更啟發了他們思考未來志向。

Jason希望朝心理學發展，Kylie則希望從事產品設計工作。而在接觸航天工程科技後，讓他們規劃了更具體的志向目標：Jason希望可以從心理學角度幫助長期處於密閉空間的太空人，改善他們的心理狀態；Kylie則希望可設計適合在太空中使用的物品，成為太空產品設計師。

▲ Kylie及Jason於「中國航天科技研學團」中，結伴製作並發射使用固體燃料火箭。

此外，宏信書院還提供多種與STEAM相關的課外活動，讓學生根據自己的興趣選擇參加，活動包括無人機、機械人和編程等，這些機會有助學生深化在課堂上所學的知識，從而使他們的學習體驗更為全面。

“超學科學習理念，是將STEAM元素融合到不同的學科當中。”

一條龍令學習變暢順 老師更易因材施教

宏信書院作為一所12年一貫的IB學校，小學、初中及高中之間的合作極為緊密。學校設有STEAM課程統籌主任，負責觀察STEAM課程在校內的推行情況，以確保小學到中學的STEAM學習能夠循序漸進，使學生逐步掌握課程內容，更會為他們提供充分的機會讓在課堂和活動中應用所學知識。

此外，教師對學生的能力有深入了解，不僅能幫助學生順利從小學過渡到中學，還能根據學生的學習進度因材施教，如推薦能力較強的學生參加進階的課外活動或校外比賽，進一步提升他們的學習水平。

05. 於航天研學團中，學生更獲機會到中國空間技術研究院參觀真實的太空艙。
06. 在「航天科技研學團」中，學生學習組裝北斗微信定位接收系統。
07. 於航天頂尖學府西北工業大學的專家指導下，親手製作固體燃料火箭。
08. 火箭使用了固體燃料劑作為推進劑，在發射前一刻，學生都難掩喜悅和興奮。

06

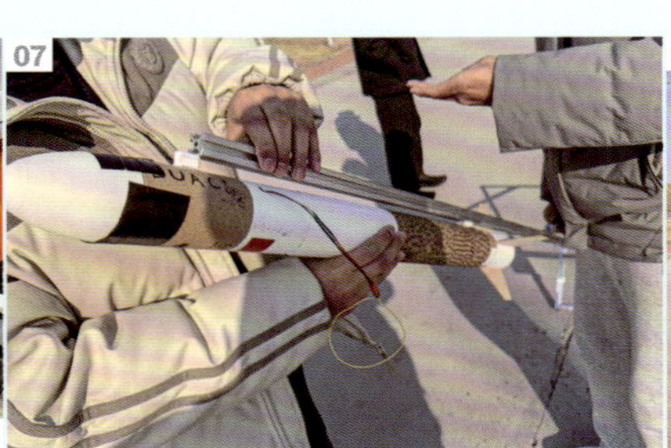

07

08

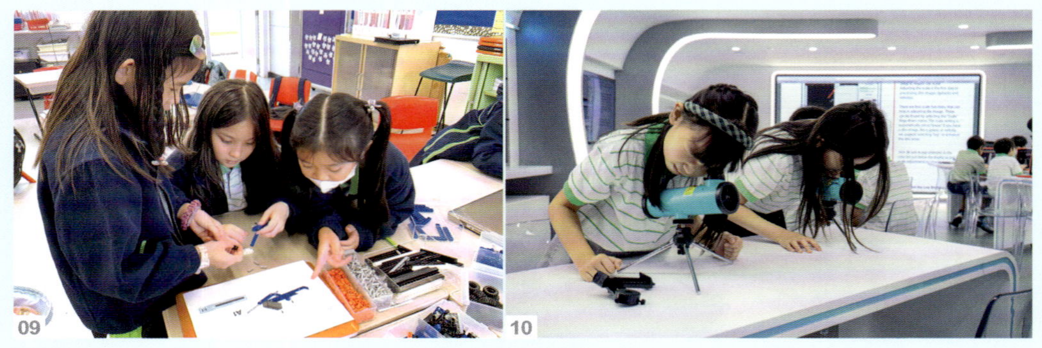

09

10

實踐課堂知識 展現學習潛能

相比小學的學習模式著重於學生的感受、體驗、嘗試，中學課程則較著重於學生能否實踐。中學的STEAM學習更會加入設計科(Design)作主軸，並會與科學科有機結合，讓學生運用科學知識解決實際問題。

科學知識的實踐，有助老師觀察具潛力的學生，鼓勵於不同範疇具才能的學生，參與各種活動及比賽，如航天工程學科中表現卓越的學生，會獲推薦參加研學團及航天創新比賽。Anakin強調，即使學生能力尚待發揮，但若對特定課題展現濃烈興趣，亦有機會歸入第二梯隊深化學習，接受相關的培訓，讓資優教育(「浮尖」)得到普及化。

透徹了解AI技術 掌握未來科技關鍵

以往浮尖的理念或許較難實現，但在AI技術出現後，學、教、評都可借助AI幫助，學生目前已利用AI作為學習工具。AI亦已是宏信書院STEAM課程的學習重心，學生不但需要學會怎樣使用，更需要深入了解AI的各個特性，包括：原理、提示工程(Prompt Engineering)、應用、控制等等。Anakin將AI比喻作F1跑車，雖然人人也渴望嘗試駕駛，但它需要經專業的調校才能發揮出最大的性能。因此，宏信書院培養學生能對AI有透徹的了解，除了掌握使用方法外，更能調整和控制AI，甚至在未來利用AI技術生成全新的AI，以推進AI技術的發展。

11

12

13

培養全球視野　與世界更多接軌

航天工程、超學科、課外活動(ECA)以至AI，都是STEAM教育現時備受關注的課題，同時也是全球未來發展的主軸。因此宏信書院在IB課程框架下，提供充足的校內、校外機會讓學生接觸航天科技及AI技術，培養他們的創意解難能力及世界視野，促進成長型思維，讓學生可與世界科研接軌，並以自身的力量為人類社會作出積極的貢獻。

09. 學生在課堂上及課外活動中均有各種機會接觸新科技知識，培養學生創意解難、團隊協作及批判性思維。
10. 課堂會以多感官學習(Multisensory)來進行。
11. 宏信書院提供充足機會讓學生接觸STEAM，如小學六年級生於4月就到訪了新加坡的夥伴學校，學習AI及機械人學。
12. 宏信書院已將AI編程納入課程當中，以AI技術裝備學生，讓他們可應對未來的挑戰和機遇，並與世界科研接軌。
13. 小學至高中的一條龍教育模式，讓學生更易循序漸進地學習STEAM。

林克忠博士 對STEAM教育意見

緊扣國家發展機遇 共創STEAM 教育嶄新未來

香港現時的STEAM發展可說是百花齊放，即使幼稚園也會投放資源於STEAM教育上。但招聘STEAM教師確實存在困難，教師培訓也略顯不足。此外，STEAM雖然離不開編程、機械人、創客(Maker)等，但需加強學科之間的彼此協作，好比商科近年亦引入了金融科技(FinTech)，就正好體現了融會貫通、多元創新的學習模式。林博士表示只要將STEAM元素滲入到生活領域中，才可以創造良好STEAM氛圍，讓全民關注並共同投入。

“需將STEAM元素融入生活，帶動整個社會氛圍，可讓STEAM教育有更進一步的發展。”

教育局也可全面審視STEAM課程，如思考有什麼科技及技術是學生必須掌握的。若香港近一千間中小學能共同合作，相信必定能營造良好的社會氛圍，全面帶動STEAM教育的發展。

不過，即使已建立良好的STEAM氛圍，更重要的是和國家發展有著更多契合。香港學生雖具備創意，但在技術層面上仍與國內學生存在差距。譬如AI、低空經濟、航天科技等，國內發展已相當成熟，宏信書院在國內的姊妹中學，甚至已經和大學合作，擁有自己的衛星、水底機械人和AI程式，這些都是可供香港借鏡並重點發展的地方。若能好好把握國家發展的機遇，將可以為香港的STEAM教育帶來嶄新的未來。

MERLOT

左起：何嘉琪助理校長、黃松安主任、
孫芷珊主任、林詩琦老師、馮順寧校長。

從文字至影像
生成式AI學界先驅
佛教沈香林紀念中學

在談論生成式AI的層面，想必説佛教沈香林紀念中學是先驅者，沒有太多異議。在ChatGPT還剛出現，香港學界一片禁絕聲音，沈中便積極爭取放到課程，而且並非以課後活動小組形式，而是普及化教學。之後，更是循序漸進地引入AI生成式圖像、影像，逐漸豐富同學在AI的學習體驗之餘，亦增加更多跨科合作，讓AI不只是在科技層面，而是在其他學科都能為同學提供幫助。

率先學習與AI溝通

在23-24的學年，ChatGPT就連大學還在禁止時，更不用說是一般中小學，都是不許同學使用，以免出現借助來做功課，影響學習。但沈中卻截然不同，不單鼓勵同學多加利用，還將AI引入到課程之餘，甚至全港首創教導中一級學生寫 prompt（提示）的技巧，讓學生懂得如何與AI溝通。何嘉琪助理校長解釋如此前瞻性，單純只是看到AI是未來必須掌握的技能，沒辦法抗拒使用，亦沒辦法防止同學使用。換句話說，不踏出這一步，定必會慢人一步。況且，AI也可以為學生帶來一個學習動機，以及是學習上的助手，讓同學有一個突破轉機，做到一些從前或許能力未足以辦到的事情。

推廣AI生成圖像

不過，更為前瞻的是，隔年，沈中便開始將生成式AI放到中二級課程，讓全級同學學習生成圖像。馮順寧校長表示，當其時教育局連生成AI的指引還沒出來，而普遍學校即使也有類似學習，亦只會放在課後興趣小組，但沈中堅持必須是普及學習。

有趣的是，課程內容還衍生出「AI咒語繪畫師」小學比賽，並專門為小學生設有兩小時工作坊，學習AI生成圖像及寫prompt，對AI有初步認識及掌握。2024年尾，比賽舉行的第二屆，收來作品400份，明顯水準更有不少提升。

比賽之外，沈中甚至印製課本教材對外發放，講解AI圖像生成，何助校甚至獲香港中文大學邀請，指導大學生AI知識。有著如此多對外推廣AI的工作，他解釋指，一來學界十分需要類似的AI學習資訊，既然沈中在這個層面造出一定成績，願意且認為值得對外分享。另方面，也有著「自利利他」的理念，就是所學知識或成果，必須散播出去，讓更多人獲益，與此同時自己也有所得著，就像小學工作坊上，同學擔任小導師教導小朋友，也可深化AI知識。

01. 專為小學生而設的生成式AI工作坊。
02. 沈中製作的課本教材。
03. 同學用AI生成的畫作。
04. 孫芷珊主任在AI咒語繪畫師比賽中講解了如何編寫英語AI咒語（Prompt）繪畫。
05. 不只英文科，同學在中文科會反過來為AI生成圖像作文，提升文字功力。

Prompt融合語文學習

AI生成圖像最重要是寫prompt的文字表達。創新學習委員會主席亦身兼英文科科主任的孫芷珊老師表示，雖則不少AI可以中文書寫prompt，但不能否認基於開發背景，AI始終是英語主導，以英文書寫prompt會獲得相對較佳生成效果。所以配合英文科原本的主題式學習，AI以文字生成圖像的過程，就能發揮更強學習作用。

孫主任以當中一個與食物相關的主題式學習為例，讓精英班學生在不提及食物名稱為大前提下，透過寫prompt形容食物外貌、煮食過程等等，用AI生成他們喜愛食物的圖片，從而訓練同學使用更多不同的詞彙來形容食物。其中一位同學因為鍾愛一款類似墨西哥捲餅Burrito的中東食品Shawarma，但AI就是生成錯誤圖像。最終，他發現原來沒有輸入一些關鍵形容詞：麵包包裹、刀將肉一片片割下。在這個失敗反思中，同學也就學識更多形容詞以至是如何準確描述的技巧。正正也由於看到同學的反思，反映到作品的修改，以至同學認為自己也有所得著，沈中亦隨即將課程普及至全級學生之中。

提升英文書寫水平

此外，馮校長亦補充，以往中學生學習英文，會存在一個痛點：難於發現自己文章質素如何，尤其是描寫文章，難度更高。而在AI輔助下，同學只要將文章交給AI批改，很容易就知道這樣寫或那樣寫是好還是不好，自我提升英文作文水平之餘，再回頭來寫prompt亦可更輕鬆。孫主任笑言，如果書寫的prompt，AI也生成不到理想圖像，那就是描寫上出現問題。

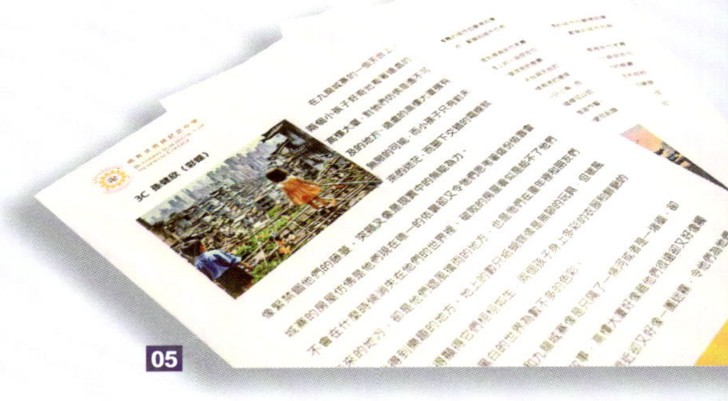

事實上，為了讓同學可寫出有意思的prompt而額外設立的工作坊外，還有專為其他英文科老師而設的工作坊，指導他們如何使用AI生成圖像平台及需注意的地方，才可以透過老師角色，指導學生哪裡不清晰、哪裡需要作出什麼修改，從而輔助他們自己寫出清晰及有意思的prompt。

“寫prompt有助學生認識更多詞彙。”

AI生成影像頻道

話説回來，早前有調查指中學生最嚮往的未來職業是 Youtuber、KOL或網絡主播。有見及此，沈中便計劃在中二級完成AI生成圖像後，循序漸進地在中三級引進AI生成影片，也加強在Digital Creator方面學習，指導學生製作有著更為實在內容而非泛泛空談的影片，例如一段仿效電影《九龍城寨之圍城》的片段，便是中三同學以AI生成影片創作。

The first image was a total disaster. There were too many tomatoes, and the ingredients were not inside of the tortilla slice.
Finally, under the guidance of my teacher, I realized I didn't describe the relationship between the tortilla slice and the ingredients accurately.
At the end, I've added the prompt "a piece of dough wrapping around all the ingredients". Then, I could finally generate a picture closer to a chicken shawarma.
In this process, I've learnt the importance of accurate description in English writing.

06

此外，沈中更創立全港學界首個AI電視台頻道《BSC Culture》，讓同學可以將從生成式AI課程所學，配合跨學科元素，轉化為新聞報道。至於內容，則會以介紹香港文化遺產為主，並緊扣17個可持續發展目標。部分內容還會與「香港漁民青年會」合作，透過考察或交流活動，講及香港漁業發展史。負責的林詩琦老師表示，每條片段除了主播的臉貌部分及聲音外，包括幕後背景、錄製以至講稿均由

同學以AI生成製作。孫主任則補充，主播需要親身讀稿，而非以AI生成他的聲音，這牽涉英文學習的「讀寫聽說」學習基本，同學要掌握演說技巧，也從中獲取自信及認同。

平行時空傳揚文化保育

AI電視台是沈中一個將AI應用的課題，但原來還有一個「平行時空」課題，會緊扣到中華文化或社區文化。馮校長笑言，沈中有一隊學生組成的「BSC Studio」，專門為學校拍攝相片或影像。「平行時空」便是借用了他們的相片，再由其他同學以模仿繪圖的方式，透過AI生成

06. 為了生成一張Shawarma圖，同學才會反思自己文字表達有否問題。
07. 同學創作的《九龍城寨》。
08. 林詩琦老師會為同學講解如何用圖像生成影像。
09. 負責BSC Studio也是負責AI電視台的周華老師，會指導同學拍攝技巧。
10. AI電視台頻道的製作室。

AI人才庫抽選人才

生成式AI不單是圖像或影像，資訊科技委員會主席黃松安主任便利用Vibe Coding生成了一個人才庫apps，可供校內教職員查詢學生表現。黃主任表示，以往揀選學生出席活動或比賽，都是集中某些表現突出或活躍學生，所以一直以來都希望創建人才庫以觀察學生能力及表現，亦可以注意有沒學生被忽略了。利用AI生成方式可更方便，不再是逐句逐句程式碼輸入，直接與它溝通想要什麼樣的系統，便可很快完成。馮順寧校長亦表示，以往只能依靠文件檔才可查閱學生情況，現在特定範疇負責人只需登入系統，便可從該範疇找到適合人選。

人才庫將儲存全校在藉學生資料，並在同學入學時便會在系統存有檔案，之後但凡參加活動、比賽獲獎或其他資料，都可以由老師輸入更新，供日後查閱。系統可顯示綜合評分，還可按需要個別分類，例如學科獲獎、出席活動次數、成績，以至是以班級為單位查閱。由於可以為同學排名，所以哪位同學是參與率較低，也能一目了然，不會再有哪位學生被忽視。不過，黃主任坦言，現時系統還是初步，還需一段時間才能完善，但有著AI幫手，其實也就是在後台加減或修改prompt的問題，相比以前為程式除錯是更快捷方便。

▲ 黃松安主任表示人才庫系統，可方便老師揀選適合人才，也不會埋沒任何同學。

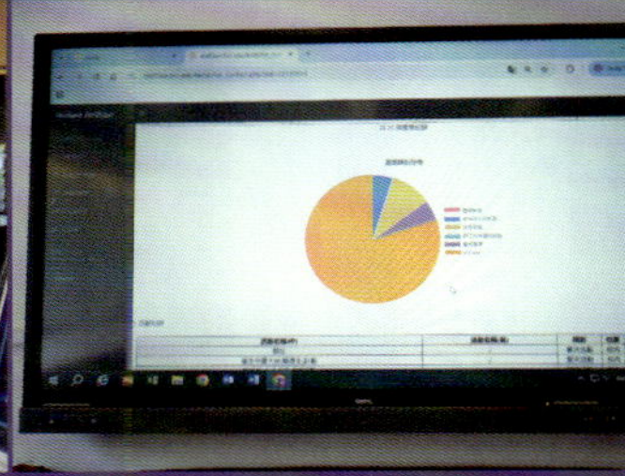

▲ 系統會分析個別同學經常出席什麼活動。

一幅二創圖像，並加上文字介紹，用以文化宣傳。由於文字部分必須同學自己親手撰寫，不能假手於AI生成，同時也是語文訓練一部分。其中一幅談及屯門社區文化，以輕鐵 614 號路線為原相製作的AI生成圖像，更受到港鐵公司肯定，被長期擺放在港鐵博物館展覽。

不過，相信最吸引人注意就是前面提及的《九龍城寨》AI影片，模仿電影《九龍城寨之圍城》重現昔日九龍城寨景色之外，更邀請不同老師及學生，以AI分身粉墨登場影片內。

跨科協作AI繪本

由於在中一及中二課程，已為生成式AI打穩基礎，所以課程也有很多變化，其中還包括《我是數字創作者》課程。同學需學習 Stable Diffusion AI生成圖像軟件，生成一本完整有故事內容的AI繪本，難度可謂提升不少，主要是一致性問題，同學必須對參數控制有所掌握，才可以令繪本內近十幅圖畫呈現相同風格及角色。何助校亦表示，讓學生體驗 Stable Diffusion專業圖像生成軟件及硬件，是有著生涯規劃的考慮，同學如果日後有興趣朝這方面發展，也不會由零開始，可以有個起步點。孫主任亦提到，英文科也有讓同學製作AI繪本，主題是圍繞「中秋節」，以英語繪本呈現中華文化習俗，同學還需要撰寫及錄製一份約一分鐘的講稿，細述繪本故事內容，所以既是訓練AI技巧，也有英文讀寫能力在內。

新科技完善學習需要

沈中在生成式AI教育的發展，絕對是走在學界最前一列，但何助校重申，AI確實可輕易取代任何人，但它更應該只是完善學習的工具。他再以AI電視台主播為例，以往同學較少勇氣開聲説話，AI電視台主播便成為一個

11. 盧曉曼（右）及梁家銘同學以AI二創輕鐵614號線，獲香港鐵路有限公司關偉麟總車務經理（輕鐵及巴士）肯定，已被放到港鐵博物館內。
12. BSC Studio的同學專門為學校用影像記錄各項活動。
13. 同學將茶餐廳的蛋撻，用AI變得更飽滿吸引。
14. 何助校會帶領學生從課室走進社區，製作作品為社區解決生活問題。
15. 孫健欣同學創作的《明澤的智慧之路》將沈中校監提過的「投入」、「堅忍」、「反思」及「善緣」精神呈現在繪本之內。
16. 《我是數字創作者》課程中，同學需要創製AI繪本。
17. 以英語講述中華文化主題，感覺很有趣。

動機，讓他們願意多說話之餘，亦同時在完善他們的說話能力。

這種以新科技作為完善學習工具的理念，也是創新學習委員會內的各科老師，包括：歷史、科學、中文、英文等學科的共同想法，所以孫主任才打趣地以「餐搵餐食」來形容委員會工作。每位老師都會經常注意創新市場，並憑自己對新事物的敏銳，對新科技或新平台作出嘗試，關注有什麼創新方法可以刺激學生學習。之後，一旦有什麼新發現，便再討論分享，每每一些新教案，便是這樣自然而然誕生，就像AI學習也是這樣進入到課程之中。

馮校長最後總結，沈中最希望將AI的學習層面一路擴大，因為它基本上已是生活不可或缺的一件事，既然如此，何不將它也放在同學的學習過程之中，在不同的科目之中也滲入AI呢？

馮順寧校長 對STEAM教育意見

商校合作推動AI有助擴闊同學眼界

現時，中學生都已懂得使用AI生成非常逼真的圖畫，甚至還懂得用來延伸學習外語，發揮上已是令人刮目相看。亦所以，是難以預計AI下一步將如何發展下去，或是會發展到哪一步。唯一可以肯定是，生活上的應用愈來愈廣泛，所以站在學校而言，希望可以在不同學科上都能找到懂得AI應用的老師，再由他們發展出專屬科目的AI教材，為學生提供更多幫助，整體發展才會更完善。相對地，在老師培訓上必然要做更多功夫，所以日後該由更多的學校交流分享，以至是將大專院校推動AI的方式引進中學校，彼此更緊密合作。

“現今中學生在AI展現的才華，確實讓人刮目相看。”

此外，政府也可以為中學牽頭推動商校合作，隨著現今學生展現的才華，已非以往中學生可相比，政府可為中學聯絡更多商界的合作，為學生帶來更多不同機會，擴闊同學的眼界，有助他們的潛能發揮。與此同時，同學的AI創作已是可媲美商界專業作品，在政府帶頭的商校合作過程中，商界也可從中學物色人才加以培養，可算是互惠互利。畢竟學校普遍不容易聯繫商界，由政府帶動推動起來成效就會更大。

STEM

跨世代
CHILL智能學堂
AR
活化文化
中學生組
入圍隊伍及作品介紹
絢麗海濱 廣西
海風中的絲路新歌
2023.07.31-08.04

實踐校訓理念 STEM教育與人文精神

香港教師會李興貴中學

香港教師會李興貴中學在推展STEM教育時，結合校訓「敦品力學．智仁勇」，着重人與人之間的連繫與關懷，讓學生理解STEM教育與人文關懷兩者相輔相成。無論是動手做小玩意、編程AI機械人、創造新發明，都在實踐校訓，將所學知識應用於實際生活中。

後排左起：陳劍鋒助理校長、陳希文老師、卜嘉琪助理校長、韓文暄副校長、陳思慈校長；前排左起：黃廷峰老師、何鈺琨老師、伍智揚老師

呈現4C精神

「敦品力學．智仁勇」是香港教師會李興貴中學的校訓。學校寄望學生進德修業，兼備智慧、仁愛及勇氣，成為德學雙修的人才。

社會發展一日千里，學生需要裝備自己，讓自己更具實力，以應付不可測的挑戰及迎合社會需要。因此，香港教師會李興貴中學以校訓為核心，衍生出4C精神，成為STEM發展的精神支柱。

陳思慈校長介紹4C文化時指出，4C中以Caring Youths為首。學生所做的STEM項目，無論是編程或AI，都以服務社會為要，目的是令人類的生活更加美好，以展現「敦品」德行——心地善良、懂得關心別人。

其次是Continuous Learner。學生需熱衷學習，令自身持續進步。STEM的發展如日方中，學生透過學習STEM的知識，與時並進、發揮才華，激發求知慾及永不放棄心態，努「力學」習。

第三個C是Creative Explorers。學校創造平台，讓學生將潛能創意實踐出來，例如在初中階段，所有學生均有機會在設計與科技科 (DAT) 中接觸不同的STEM元素，製作不同的STEM發明。STEM團隊對教育充滿熱誠，不惜犧牲假日時間準備比賽。過程中，師生、生生的合作，能完善創作及發明，令彼此不斷進步。

最後就是Change Leaders。學校讓學生明白世界每天進步，因此轉變是必然的。學生需勇於面對挑戰和困難，發展成長思維，改善自身，這是未來領袖、菁英不可或缺的素質。

以心為心 連繫社區

將4C精神推而廣之，便能連繫人心 (Being Connected)。老師教導學生將STEM創作注入

01

02

03

情感，令創作連繫人文關懷。STEM教育主任黃廷峰老師舉出一例：學生參與一個青年創業計劃，以香薰手鍊構建兩代感情。學生到訪花舖，收集凋謝的花朵，然後利用科技知識，提取精華調製成香薰，將創作放在市集販賣。適逢母親節，產品吸引顧客親手串製手鍊，然後送給母親。此外，團隊亦曾售賣珍珠鍊。師生前往珍珠養殖場挑選珍珠，然後將珍珠加工，並在內加入晶片，只要用手機NFC技術一掃，即可讀取贈送者預先輸入的祝福語。

除了人心的連繫，學生亦與大自然扣連，構成天人的連繫。學生創作「五光十色都可以好綠色」模型，探討如何優化舊樓供電系統以及廣告燈箱，以合乎經濟及環保效益。另一件仿似白雲形狀的創作——「空氣雲」，則是一部空氣監測儀。「空氣雲」會隨著偵測區域的不同空氣指數而轉變顏色，提示空氣是否清

01. 香港教師會李興貴中學的校訓：「敦品力學．智仁勇」。
02. 學校每年自行印製的刊物，載有不少學生的創新作品。
03. 加入了晶片及NFC技術的珍珠鍊。
04. 開貝取珠，製作珍珠產品。
05. 學生推廣珍珠鍊時的廣告圖片。

新。這兩個作品顯示出學生於綠色科技的發明上充滿創意。

關於綠色科技，學生認為設計也不一定與編程、電子作品有關。早前黃主任教授學生有關瀕危動物的知識，讓學生自己設計圖案，製作成手工藝品出售，結果極受歡迎。香港教師會李興貴中學的楊金權校董為了支持學生創作，還專門訂造了一隻海龜。

走遍大埔 品嘗豆製食品

要説到最有趣的社區連繫活動，該是「大埔黃豆旅遊地圖」。由於學校的地理位置鄰近墟市，學生經常接觸到墟市的歷史文化，也清楚大埔區以豆製品出名，尤其是豆腐花，遠近馳名。有見及此，中四級學生選擇以黃豆為主題，走遍大埔區，尋訪新舊豆製品店舖，並匯集成一幅「黃豆旅遊推介地圖」，方便遊客按圖索驥，尋找豆類美食，感受歷史悠久的豆製品店的懷舊風味。透過活動，學生期望「黃豆旅遊推介地圖」能帶來協同效應，讓大眾對大埔社區有更深入的認識。

AI寵物陪伴長者

在早前的「創科@大埔2025 中，香港教師會李興貴中學的攤位吸引了近三千人次前來觀看「熊貓」。這「熊貓」其實是學生創作的應用程式及機械人，也是學校提倡的樂齡科技。熊貓既是助手，亦是寵物，不但可照顧長者，更可陪伴他們聊天及進行互動遊戲。除了「熊貓」，校方亦即將迎來一款機械寵物——機械狗。

香港大學電子工程學系與香港教師會李興貴中學因校本支援計劃而結緣，大學於下年度將為學生提供一個二十小時的AI編程培訓，包括影像辨識、機械學習、遙距操控等等，以控制機械狗完成一些既定的任務。作為樂齡科技產品，黃主任表示經AI培訓的機械狗，功能猶如

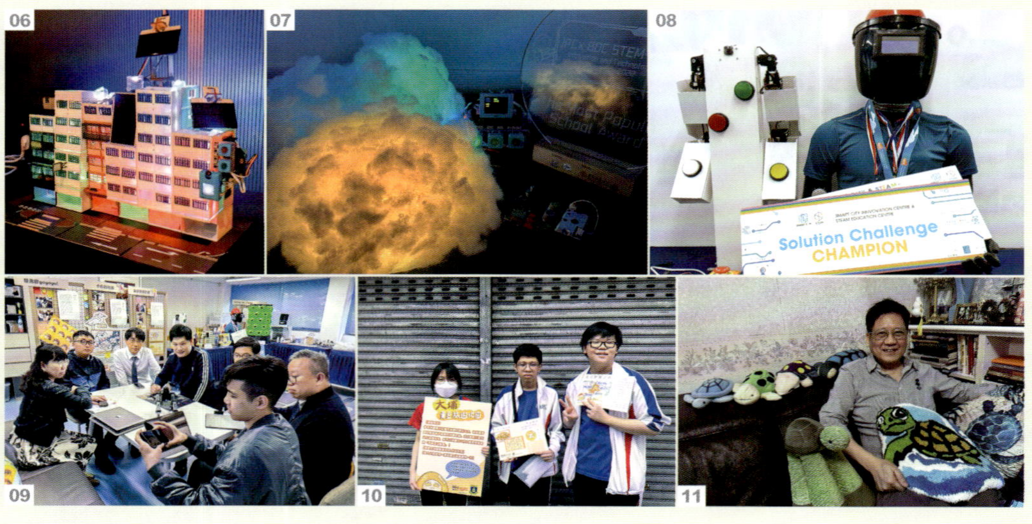

機械人般豐富，所以它也不一定是狗的形狀，只不過相比起機械人，狗會較為靈活可愛，大眾接受程度較高，而學生學習亦會更有趣味。

圖像生成靈感

AI機械狗課程還在籌備之中，但AI早已滲入到初高中的科技教育。學生會以AI生成圖像來製作3D立體模型圖，尤其是繪製複雜的模型時，更會借助AI幫手製作成品圖。雖然AI生成的圖像未必準確，但至少可以將抽象的意念具體表達，讓大眾容易理解，同時對學習也有一定的幫助。

此外，AI生成圖像的功能，也可應用於產品設計上。一些繪畫能力較低的組員，未必能透過手繪圖準確表達創作的構思，但透過AI生成圖像的功能，學生只要輸入提示字眼，然後就可生成概念圖。而且，以AI生成的圖像，結合了個人意念及AI構思，這亦為使用者帶來參考價值，為他們提供更多設計靈感。

高中STEM課程 進階學習

除了高端技術，科技也需要一些扎實的基礎知識，這是香港教師會李興貴中學在初中階段設

06. 即使是五光十色的舊樓都可以「好綠色」。
07. 可測測空氣質素的空氣雲。
08. 可供長者練習詠春的智能木人樁。
09. 與香港大學共同開發機械狗課程。
10. 學生關注大埔區白鷺排泄物問題，製作白鷺分佈圖。
11. 楊金權校董與學生親手編織的海龜作品合照。
12. 「黃豆旅遊計劃」包括設計及製作遊戲，以及創作黃豆吉祥公仔襟章。
13. 為長者介紹機械寵物樂樂。
14. 智能「熊貓」。
15. 學生正在學習機械狗課程。

立DAT科的原因。課程中，男女生運用一些基礎工具，透過製作，吸取經驗。DAT科主任何鈺琨老師笑言，現時的初中生可能連螺絲批也不懂得使用，焫雞更是見所未見，DAT科可補足及擴闊學生的生活常識。黃主任也指，DAT科乃至其他STEM教學，旨在讓每個學生都有機會嘗試。只要學生有興趣，便可接受專門培訓，接觸及學習更多新興科技，而AI便是其中之一。對於具備潛能及對科技感興趣的學生，學校會提供不同的發展方向及進階的學習機會，例如讓他們參與偏向科學實驗的科研項目，讓學生得到適切的栽培。

正正因為學生在初中階段已培養對STEM的興趣，也具備一定實力，故此香港教師會李興貴中學會在高中階段將STEM學習轉化為選修科形式，讓學生的興趣和才能得以延續。在高中階段的STEM教育中，還會引入企業精神理念，學生不但創作發明品，還需要學習市場營銷的知識，務求可將產品推出市場售賣。在學習的過程中，學生需要根據已有的經驗而不斷優化，從中思考如何把一門技術、概念做得專門、專業，例如最新的中藥手鍊設計，便是建基於以往製作的香囊、香薰手鍊的經驗而誕生。

走進社區　學做小老板

修讀STEM的學生不只在校內銷售產品，還會走到不少商場或購物中心擺攤。黃主任強調：擺檔並不為賺大錢，而是希望學生展示學會的新技能或創作的新產品，同時建立人與人之間連繫。同學的攤檔不但吸引了一班社區居民垂青，還得到一眾校監及校董的支持，包括：香港教師會榮譽會長高家裕教授、校監李永鴻校長、前校監邱少雄校長，還有其他不能盡錄的校董、老師們。他們不但到場鼓勵學生，還不時自掏腰包購買學生作品。校董、師長們的親力支持，成為學生繼續走上STEM創作之路的推動力，所以學生們對校監及校董們，以至整個香港教師會的團隊，都常懷感恩。

16. 學生對校董們各方面的支持和愛護，心存感恩。
17. 學生早前在「JA青年創意實驗概念店」活動中，榮獲最佳商品獎及最佳市場營銷獎。

陳思慈校長 對STEAM教育意見

借鏡國內成功經驗 推陳出新

STEM教育的成功，是在於它成為一個平台，不論學生的學習表現如何，也有機會展現他們的創意和才華，讓他們發揮潛能、發光發亮。與此同時，這個平台還能讓學生運用學到的知識幫助別人，從而取得自信及成就感。

唯相比國內而言，學校的STEM教育還是有很大的進步空間。這兩年學生到上海、北京考察，看見國內從幼稚園開始已經規劃STEM教育，然後還會銜接小學、中學，鋪排上的確做得很多。而且內地教育部對每間學校的發展觀察亦很全面，從課程規劃、資源、師資培訓、學生評估、學生作品展示等，都有很全面規劃，很有參考價值。因此，相信未來學校STEM教育的發展和規劃仍會不斷進步，推陳出新。

"人與人之間的關係，以及待人處事的態度也是不可以忽略，而這也不是AI可以幫助的。"

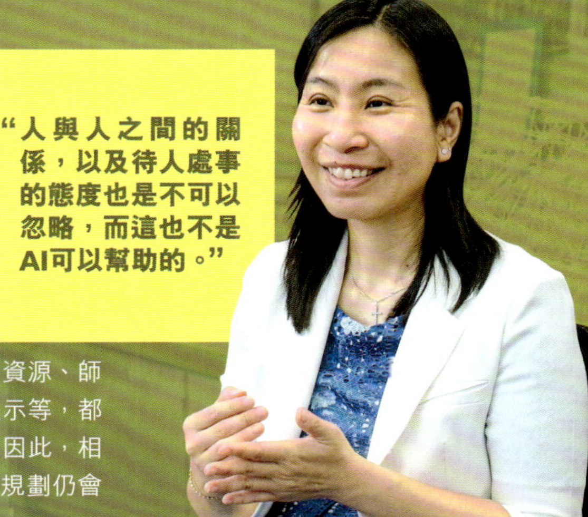

隨著更多AI元素的滲入，學生的潛能創意已有無限可能，甚至會超越老師。但反過來說，AI的使用素養會是最需要關注的問題，老師更要教導學生如何誠實、正確使用AI，讓「敦品」和「力學」並行，才能成就擁有「智、仁、勇」的學生。

RTHK
香港電台

香港教師會李興貴中學
大錦獎
一等獎
香港教師會李興貴中學
Solution Challenge
CHAMPION
STEM PLUS
STEMWORLD
智能竹椅
Smart BB
Bamboo Bench

貓貓陪你
上天下海學
STEAM

香港四邑商工總會
陳南昌紀念中學

只要繞過香港四邑商工總會陳南昌紀念中學的有機耕種園，便會看到一幅畫了三隻大貓貓的壁畫，牠們就是柚子、三花及大眼妹。可不要以為牠們只是平凡的貓貓，包括之前在花園看到的幾棵土沉香，都在陳南昌STEAM教育扮演重要角色，會輔助同學們學習。當然，不是說全部與牠們有關，部分同學還是會將學習遠望天空，又或者說是深望海底也可以。

左起：高梓揚老師、陳其盛助理校長、
辛娜莉助理校長、陸詠恩校長、
馬基鏗老師、張景濤老師

為貓貓辨識便便

幾年前某天，周燦鴻同學發現課室門口躺著一隻剛出生，還浸在羊水的貓貓，二話不説隨即找老師急救，幸好最終無事，貓貓還被改名「柚子」，變成了陳南昌的校貓。為陪伴柚子，及後學校再收養「三花」及「大眼妹」，成立南昌貓舍。

貓舍成為陳南昌同學們經常流連的地方，更會為牠們製作攀爬木架。更有趣是，貓舍還被引入成為STEAM課程。原來，當初柚子因為出生後缺乏母乳，產生腸胃不佳的後遺症。辛娜莉助理校長有見及此，於是由周同學每天為柚子拍攝便便照片，再利用AI辨識以判斷柚子是否健康。及至現在，照片數量已超

01. 周燦鴻同學與柚子，後面的木架則是同學們製作。
02. 柚子的沙盤，憑便便形狀便可了解貓貓是否健康。
03. 每日午飯時間只有6個名額讓學生進來貓舍探貓貓。
04. 校內土沉香因為被流浪貓抓過，所以已是結「香」。
05. 同學會負責有機耕種園栽種土沉香。

過三百多幅，AI訓練亦見成熟，同學將製作更成熟的(AI 貓便便辨認)手機應用程式，除了用作本校貓舍照顧員的培訓外，希望能惠及有需要的公眾。

土沉香融入環境教育

貓舍之外，陳南昌的有機耕種園內還種有幾棵屬於香港原生植物的「土沉香」，同樣也是STEAM教育重要組成部分。辛助校表示，最初是獲漁護處送贈的樹苗，不覺竟栽種成功。於是便想到為土沉香加入溫度、濕度、日照等監測器，供中四、五級定時記錄，再做一些關於種子在不同情況下的生態研究，而慢慢地也是融入到課程之中。學校更成為香港中文大學胡秀英標本館「校園土沉香保育STEAM計劃」協作學校，將近50棵樹苗派發給其他中小學，並將陳南昌累積的經驗公開分享，作為連繫保育活動的STEAM學習。

事實上，類似由貓貓或土沉香引起的學習契機，繼而融入STEAM學習，也可算是陳南昌的發展方針，所以例子還是不少。STEAM組主任高梓揚老師便再舉例，基於校舍位處半山位置，經常會吸引雀鳥來此築巢，於是學校便讓同學製作備有監察鏡頭的鳥巢，作為觀察鳥類生態的課程。

初中層層漸進接觸科技

話說回來，陳南昌的STEAM教育當然不會只側重偶發事件。同樣是STEAM組主任的馬基鏗老師便點出陳南昌STEAM for All的理念。中一及中二級設有「創意科技科」，最主要是

03

04

05

將傳統的金工或木工課程與電腦科融合，讓同學透過創作玩具般的有趣手法，例如製作「micro:bit遊樂園」，掌握更多最新科技；中二則集中在「智慧城市」以及物聯網，並加入美學元素，同學會設計智能停車場，透過雲端數據辨識車位數目。

來到中三，課程則會跳升至AI學習，例如利用圖像辨識技術設計智能垃圾桶。其中最特別是配合校內最新的中華文化教室，學習編程一個AI 變臉應用程式，將自己或他人的大頭照，化身為中國古代人物如大俠、文人、仕女等等。

不過，馬老師有兩點特別強調。首先，初中的STEAM學習最終目標都是希望同學利用科技去關懷社會，例如為老人創作保持健康的智能玩意。此外，由於AI的教育未來還會融入其他各個科部，所以另一點則是資訊素養培訓的重要，不希望同學將AI視為作弊「槍手」，必須抱有學習誠信來靈活運用它。

校外活動彰顯潛能

此外，陳南昌的同學也不會只窩在校內照顧貓貓。不少創科活動還是會看見他們的身影。

06. 馬老師強調科技知識就是要回饋社會。
07. 中二同學都需設計的智能停車場。
08. 校外比賽，陳南昌的成績絕不遜色。

自己就是要追夢

勇救柚子的周燦鴻也是個出色的工程設計師，早前他便在中華電力舉辦的「第二屆低碳節能發明大賽」，憑自己設計的核能熱電冷卻塔成為全場冠軍。他介紹指冷卻塔利用「熱電效應」，透過冷水及熱水的溫差，將核電廠的廢熱用來發電，既增加效率也有綠色環保元素。不過，他也曾慘遭滑鐵盧，曾設計了一個智能培圾桶，卻是在某次比賽在初賽階段便被淘汰。這次失敗的經驗，卻被周同學形容為「追夢」的過程，既然是自己的興趣，就只能堅毅的繼續下去。

而過去也曾參加RoboMaster、VexIQ、潛水機械人等機械人比賽的李錦成同學，累積下來的經驗，讓他今天會以大師兄角色去帶領師弟出比賽。雖然他也是智能垃圾桶的成員，不過也如周燦鴻一般，失敗只是過程，甚至可視為將來工作的重要經歷。

▲ 李錦成（左）及周燦鴻現在都會協助帶領師弟師妹。

06

高老師表示，同學往往需要一些動機才會對STEM學習產生興趣，校外活動正正可以讓他們去「玩」，成為推動力。而且，對於已習慣在虛擬世界打機的同學，將他們帶出去現實世界「玩」比賽，既可與世界有所聯繫，他們亦會更願意花時間在應對比賽的學習上。高老師笑言，遇上比賽前幾天，同學是真的會為追趕進度，不惜在校逗留至六、七點。

07

08

辛助校亦表示，中學是建立自我形象最重要階段，出外比賽就是最好渠道。尤其遇上與傳統名校同場，同學可能發現自己原來並不遜色，甚至在某方面更為優勝，成功感猶然而生之餘，也是一個契機，讓同學突破自己框框以至固有思想限制，大大增加自信。

09

玩盡海陸空玩意

考慮到陳南昌的同學在操控能力上較為優勝，專門負責培訓同學的張景濤老師則表示，都會選擇較偏向手動式控制的活動。但又不能過於沉悶，所以比賽極為多元化，甚至可說是包攬海陸空範疇。海是水底機械人設計比賽，陸則是在地面競賽的氣墊船，空就是無人機足球。

10

而且值得自豪是，同學在上述的比賽確實都有著不錯成績，實力固然是重點，張老師表示，團隊的分工清晰也是關鍵，像前面提到的水底機械人，參賽學生便都能互補長短，有的擅於對答，有的專長編程，有的熟悉操控機械人，才能最終勇奪全場總冠軍。

不過，更值得鼓勵是高年級同學都願意帶著師弟師妹一起出賽，薪火相傳之餘，無形中在陳南昌創造了濃厚的創科氛圍圈子。

給予小學生更發揮空間

此外，傳承也不只限在陳南昌校內，就如前面提到土沉香的樹苗也會被送贈給小學，陳南昌還有很多面向小學生的STEAM活動，部分更會由同學負責講解及指導。辛助校表示，過程中同學便可培養出組織能力、表達能力，以至耐性，同學亦可深化個別習習體驗。

陸詠恩校長亦表示，相比起小學，作為中學的陳南昌會有更多空間進行STEAM活動，以前

面提到的氣墊船為例，小學生來比賽便會很開心。同時，讓小學生看著陳南昌的STEAM課程，也會對他們有更多啟發。馬老師便回想，某次有小學生看到陳南昌同學製作的氣墊船，便自己仿造了一架設計相同的作品。

09. 張景濤老師(左)、高梓揚老師(中)、辛娜莉助理校長均表示，只要為同學創作動機，他們便願意學習。
10. 水底機械人設計大賽中獲得全場冠軍的水母型機械人。
11. 高中同學只要有興趣，仍可繼續參與創作。

陸詠恩校長對STEAM教育意見

STEAM發展很厲害

相比剛開始時，今天的STEAM教育明顯進步得很厲害，起碼普遍同學已經對它有基本概念，即使未必每個同學都有機會參與對外的STEAM比賽，但類似STEAM Week的活動，都可以讓所有同學接觸到、「玩」到。跳出中學層面，各所大學以大專院校近年都增加開設不少與STEAM相關學科，同學的出路也就有更多選擇。再放眼開去，就算同學升學沒選擇STEAM學科，可能將來繞個大圈，還是可能選擇STEAM相關工作。

雖然就結果而言，同學在STEAM的發展目標是增加了，情況予人欣賞；但教育局如果可以增加更多資源當然更理想。現時的STEAM相關老師，往往需要花上額外時間嘗試新科技，但學校要招聘新老師，就要面對學界都在爭搶人才，即使教育局增撥每間學校一個STEM Coordinator，還是有所不足。其次，STEAM的下一步必然是加入更多AI元素，硬件部分是無需擔心，畢道只要資金充足便不難解決，但背後還是存在其他未解決問題，簡單舉例，AI 導致電力消耗的增加，該如何處理？此外，學界對AI應用背後的學生私隱問題，教育局或許制定一些指定，學校才容易發展下去。

"愈來愈難招聘STEAM老師，不過這也代表STEAM教育發展的厲害。"

6C、ACTIVE、STEAM 英文字母帶出豐富學習體驗

萬鈞匯知中學

創科學習在萬鈞匯知中學可算有十多年歷史，甚至還早於香港談論STEM教育之前。翻看學校資料，萬鈞匯知便提及「ACTIVE，活的教育」教學理念，當中的 T 及 I 便分別代表 Technology（科技）及Innovative（創新）。今天，在普及 STEAM 教育中，萬鈞匯知還將 6C 概念滲透其中，務求培訓及提升同學的軟實力之餘，仍貫徹創新科技目標。但無論是什麼英文字母的組合，學校核心的理念始終還是給予同學豐富學習體驗。

左起：張世文助理校長、
黃建新校長、曾銘康主任。

01. 穿上實驗袍在進行海洋微塑膠研究。
02. 由興趣出發會學得更多，自然可在不同比賽呈現出色成果。
03. 近幾年流行的無人機足球，同學也有體驗。
04. 在LTE與訪客暢談自己的STEAM作品。

“STEAM可作為填補傳統教學不足的地方。”

6C整合更多元化軟實力

萬鈞匯知早在十多年前已具前瞻性，在課程引入 IT 教學和 Game Based Learning（遊戲化學習）等元素，亦率先推行 App Inventor 及 micro:bit 教學，黃建新校長笑言，這不代表是走得很快很前，僅僅是希望使用當前應有東西，給予學生豐富學習體驗而已。

至於引入 6C 概念，資訊科技及創新發展部首席主任曾銘康老師表示，傳統學科的教學模式會是上課、做題目、考試、爭取分數，也往往會有正確答案，但奈何卻與社會模式不符。真實環境更講求溝通、自學、協作、創造力等等軟實力或技能，所以萬鈞匯知才會在初中階段增設STEAM學科並滲入包括： Creativity

創意、Communication溝通、Collaboration協作、Critical Thinking明辨思維、Character品格培養、Citizenship公民教育等6C概念，希望同學能夠掌握所涉及的軟實力，也是未來所必須學會的能力，從而補足傳統學習模式以外的其他知識範疇。

“希望STEAM能讓同學懂得面對困難。”

課程聚焦造福社會

「創造力」或「批判性思考」，或許在STEAM學習中也經常被提到，其餘的 C 則相對較少。曾主任解釋當中的「溝通」及「協助」，可體現於以小組形式處理課題的時候，同學間的分工需要了解彼此的強項：誰設計更強？誰在編程更優秀？這些都是溝通及協作的學習。

另外，課題都會涉及對日常生活情境的解難，過去同學作品便有改善視障人士生活的「A Eye」、非接觸式衛生按鍵系統「物聯按」、善用AI連結健康、娛樂、社交等應用的「Fit for You」。這些或多或少都已滲入「品格」及「公民素質」的培訓。張世文助理校長坦言，學校不只希望同學在某一專科表現突出，更希望各方面能力都有良好發展，在面對任何困難時都能懂得解決。

概括認識密碼學

萬鈞匯知的STEAM學習還有「多元化」的特色，同學可接觸的知識範疇十分廣泛，單說STEAM科內便有一門較少見的「密碼學」，同學可認識到密碼製作及解密方式，還需要編寫程式進行解密，學習解密技巧。透過觀看如二戰時的諜報戰紀錄片，還可了解戰爭時期如何以密碼隱藏戰略通訊，將整個學習過程融入生

02
03
04

活。曾主任表示，選擇密碼學也沒什麼特別的原因，只是貫徹在課程引進更多不同面向，以至更換不同角度令同學接觸更多。

畢竟每位同學會有不同興趣，所以最重要是將更多的學習經歷放到課堂上，甚至是午間或課後活動，乃至每年三次的深度學習周，讓同學從中作選擇，再發現自己的興趣究竟是在機械人、編程、無人機、人工智能或設計等等的哪方面。

專注發展興趣

一旦發現自己興趣，學習便會變得自主及積極，而學校在資源、人手或時間許可的情況下，也會儘量給予支援，包括為他們爭取參與海外或本地相關的活動、展覽或比賽的機會，務求可跳出校園框架，多加接觸不同新事物，以提升學習體驗。

05. 羅馬的MakerFaireRome，同學也有參與。
06. BettShow向來賓介紹STEAM作品。
07. 成真館內，同學正在學習Arduino。
08. 編程機械人進行繞道行走。
09. 仿如 Iron Man的手臂，其實是同學自主創作的機械臂，

事實上，萬鈞匯知同學確實也曾出席不少本地或海外知名科學盛事，例如：韓國科學與工程大獎賽、iSTEM科創建構未來、世界青年科學及科技碗，以至是在羅馬尼亞舉行的Infomatrix。

07

不過張助校及曾主任均強調，學校最大希望還是，讓作為新世代的學生，可在初中階段對STEAM以及相關新科技，即使不抱多少興趣，仍然可以有著最基本的認識，好為未來打下穩健基礎。

建立全校科技氛圍

值得注意是，萬鈞匯知每間教室已加入IoT智慧教室功能，透過獨立平板便可控制室內設備，其目的更多是將科技帶入生活。此外，學校的STEAM Lab被命名為「成真館，Dream Laboratory」，亦是對同學的一種鼓勵及期盼，希望他們可將自己的夢想或創意，變為真實的發明產品。另一間「未來教室，Future Learning Hub」，更是顧名思義講及未來的 AI 學習及發展。

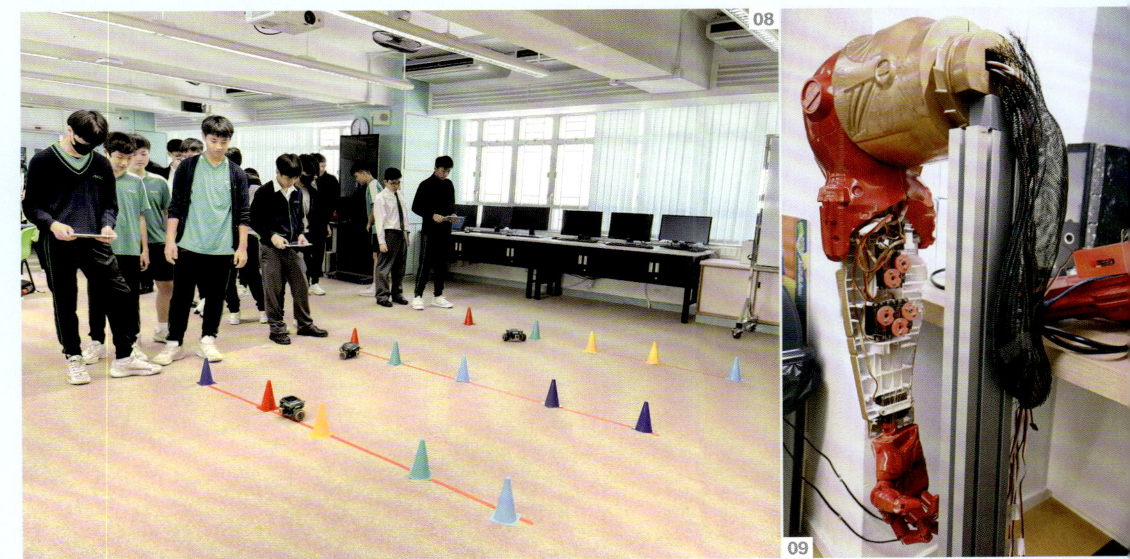
08

09

早已前瞻AI未來可能性

AI學習不是追潮流，學校早於五、六年前已前瞻AI對同學的重要性，並引進到課程。及後，成效更被肯定，獲邀加入香港中文大學推出的「中大賽馬會智為未來」計劃，成為首批「領袖學校」，協助其他中學推廣AI 課程。課程上，學校更已思考很多的應用方案，曾主任便舉例，數學科會以AI協助計算題目，由淺入深配合同學進度；張助校也補充，中史科則有趣地先讓AI列出歷史事件資料，並讓同學辨別當中真偽，同學以遊戲方式從中找錯處，學起來更開心。

沉浸式學習體驗

未來教室一角的沉浸式投影區，主要還是呼應學校增加學習體驗的理念，一些抽象的科技概念，只要將同學帶到這個沉浸式環境中，便可以有所認識及了解。即使是其他學科，亦可以作為輔助應用，打破學習時空界限，在虛擬實境中感受不一樣的學習，親歷其境深化所學知識。

張助校坦言，尤其是中史科歷史事件已是過去式，較少有趣資料引起學習興趣，但若然在沉浸式投影中，走一走北京故宮或萬里長城，自然引起同學好奇心，容易推動學習。

增加與內地科技交流

在虛擬實境中體驗，自然遠不如可親身走到現場學習。以往，萬鈞匯知的同學足跡已遠至世界各地，但鑑於距離問題，只可讓少數尖子享有機會。所以學校未來將計劃加強國內尤其是深圳的交流學習，解決地域限制，容許帶更多學生前往。曾主任強調，走到哪不重要，最主要還是希望學生跳出校園的框框，感受「歷境學習體驗」，才可以了解全球發展，拓闊視野。

10. 沉浸式投射區是一個未來學習體驗區。

11-12. 走入沉浸式投影區，同學便仿如置身課文之中學習，又可以親身走入如「羅馬競技場」等古建築。

13. 透過虛擬旅行再寫作遊記。

14. 新加建的中華文化教室，也是將STEAM 學習與中華文化有所融合。

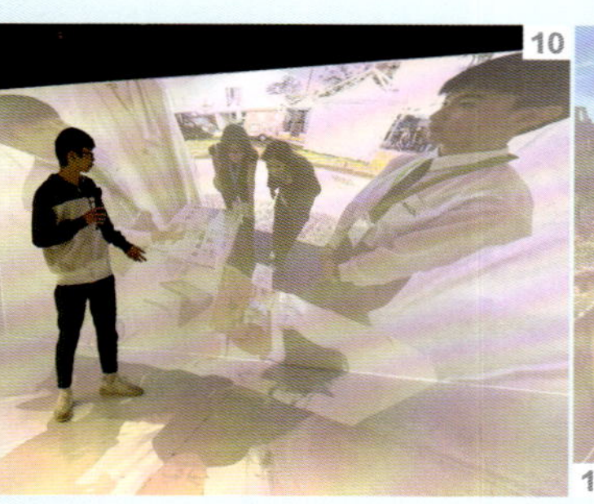
10

11

12

黃建新校長對STEAM教育意見

為學生創造豐富學習體驗

STEAM確實讓學生掌握未來知識，提升解難能力。黃建新校長更提及，過去十多年來，教育界走過許多潮流，核心始終是能力導向，為學生帶來能力轉移的過程。只是，近年科技發展使得教育方法更為普及和低成本，讓學生可透過更簡單的方式進行學習，將知識更完善整合，從而應對生活中各種挑戰，理念仍然是促進學生的創意和實用技能。

"評估仍是必需，只是並不涉及成績，而是針對自主性及創造性等方面。"

黃校長也十分自豪地指，成效也是正面，學生們在展示自己的創意和想法方面變得更加自信，亦學會善用各種知識及技能作為工具，最重要是即使走到海外，面對語言不通情況，亦能夠勇於分享自己的成果。雖然並不是每位學生都會成為發明家，但每個學生可享機會了解如何將知識應用到實際問題已是足夠。

不過，STEAM本應是跳出「只求分數」框架的一種學習模式，黃校長卻希望可為它制定一個綜合多元化評估方式，以便更好地了解學生的學習進度和掌握程度，亦可讓學生在學習中感受到自主性和創造性。但黃校長也強調評估基準絕不能基於結果，而是側重於創意思維，雖然他亦笑言，這也是至今令他苦思的問題。

KSEF International 2019
Korea Science & Engineering Fair
Easy Train
STEAM
學生科創成就
萬鈞匯知中學
MAN KWAN QUALIFIED COLLEGE

左起：STEAM統籌主任麥均誥副校長、關智權校長、醫學會顧問老師陳棋恩。

醫學會領航
以STEAM知識服務社會

聖傑靈女子中學

聖傑靈女子中學的STEAM教育以「服務及人本」為核心，鼓勵學生將STEAM知識應用於服務社區，一同實踐「非以役人，乃役於人」的基督精神。本年度由學生主導、結合校內外資源所新設的平台「醫學會（Medical Club）」，作為領頭羊，推動同學以醫學知識服務社群，亦積極提升學生的學術素養與醫學專業知識，為日後投身醫護行業打好基礎。醫學會還舉辦不同AR工作坊，讓學生進入病人視角體驗病況，在實踐服務精神的同時，建立堅實的醫學學術根基。學員更會走進社區，讓大眾認識包括不同眼疾以外的更多疾病。此外，校方亦安排學生到醫療機構義務實習，將所學回饋社會，建立校本服務學習平台。

醫學會成員 VR體驗眼疾患者經歷

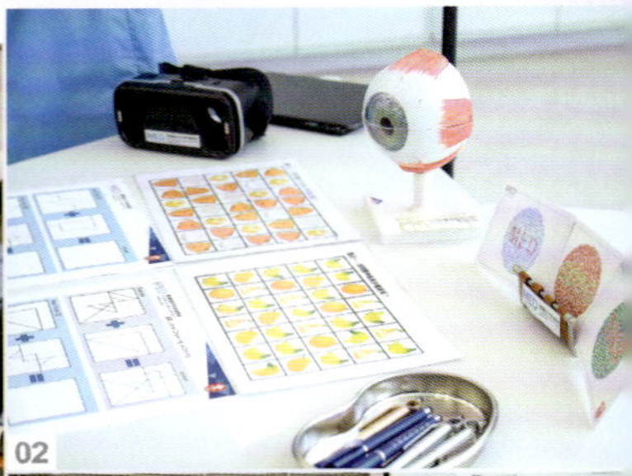

作為一所女子中學校，聖傑靈女子中學每年約有五分之一的畢業生升讀醫科、護理或醫療科技相關學系，故校方決定於今年成立「醫學會」，讓學生在中學階段開始接觸更多醫學知識。關智權校長補充，「醫學會」與校內歷史悠久的聖約翰救傷隊合作，共同為學生提供與醫護相關的知識。

醫學會顧問老師陳棋恩指出，醫學會是結合STEAM、科學、生物科及價值觀教育的跨學科平台，讓學生學習及應用醫學知識。醫學會與多所本地大學及專業機構保持緊密合作，例如與香港大學眼科學系合辦「AR眼疾模擬工作坊」，學生透過ViSimulation Pro應用程式及AR裝置，模擬黃斑病變、白內障及色盲等常見眼疾，結合互動任務與臨床案例，讓學生深入了解相關病理與患者視覺挑戰，大大提升學生對眼科知識的掌握，既提升健康意識，也培養同理心。此外，學生亦會參與各類醫學課程及講座，例如中大醫學院舉辦的「五天臨床體驗計劃」，讓學生親身走進大學醫學教學環境，了解不同專科運作及臨床流程，啟發他們對醫科專業的真實想像。醫學

04

會亦定期舉辦專題講座及職涯分享會，邀請來自不同醫護範疇的專業人士，如醫生、物理治療師、放射師等，與學生交流行業發展與入行心得，讓學生深入了解醫學專業，拓寬其視野。

“傳統課堂偏重理論，醫學會則提供實際體驗機會。”

醫學會還推行Pull-out Programme，如物理治療「影子計劃」（shadowing），由學校協助聯繫診所及安排時間，學生需於活動前完成自學任務、參考前人筆記與網上課程，例如：來自多倫多大學的Coursera自學課程「Managing Your Health: The Role of Physical Therapy and Exercise」，並於活動後撰寫學習報告並進行校內分享，讓更多同學受益。關校長強調，以人為本、服務他人是聖傑靈的核心價值，學生不應僅獲取知識，更需將所學知識回饋社會，實踐基督精神。

01. 學生透過VR眼鏡了解眼疾患者的視野。
02. 利用AR技術模擬年長患者在黃斑病變下的視覺困難。
03. 物理治療師向學生們分享其工作經驗。
04. 同學於教育展上穿上手術袍向公眾介紹醫學會及醫學知識。

STEAM是多元化學習

中五同學葉曉霖、鄭楚翹及譚煒苗自初中起組隊參與無人機、AI小車等STEAM比賽，從調試程式到解決故障的過程中，培養創造力與團隊精神。

三人背景各異：譚煒苗升中前從未接觸STEAM；鄭楚翹自幼好奇，常翻閱電腦書籍；葉曉霖則向來也是遊戲愛好者。但她們一致認為，入讀聖傑靈才有機會讓她們接觸多元創科領域。

▲ 葉曉霖（左）、鄭楚翹（中）及譚煒苗曾獲粵港澳大灣區STEM/AI挑戰賽全場總冠軍。

突顯STEAM女孩潛能

關校長坦言，五、六年前該校的STEAM教育仍處於摸索階段，故選擇了透過課外活動或比賽，包括：元宇宙、3D打印、光雕等，讓學生開拓視野。近年，校方根據過往經驗為STEAM課程框架進行統整，結合女校的特色，強化「STEAM for Girls」的概念，突顯女生的獨特潛能。儘管社會對女生學習STEAM存在刻板印象，STEAM統籌主任麥均詰副校長認為，只要提供支持與機會，女生的表現絕不遜於男

"給予女生發揮空間，同學在STEAM的成就和表現不輸男生。"

05. Hologram作品可表現女孩藝術觸覺。
06. 第三屆 STEAM for Girls 傑靈盃大合照。
07. 動態活動包括HADO虛擬躲避球活動。
08. 女孩子設計的氣墊船會加入可愛造型。

醫學會醫學知識分享

醫學會幹事黃曉瑩同學協助籌辦由港大眼科和聖傑靈合辦的「Eye Diseases X AR Workshop」，利用VR技術模擬黃斑病變、白內障等常見眼科疾病，提升大眾對眼疾的關注。她表示，生物課僅能透過圖片認識眼疾，此活動讓她真實體會患者的日常困境。

另一幹事楊端澄同學早前參與物理治療「影子計劃」(Shadowing Program)，在物理治療診所跟隨物理治療師，並學習如何透過以人為本的精神，協助患者設計療程。她從中理解到，物理治療不僅是技術，更需顧及患者情緒，當中盛載著的是人本的關懷與人文世界的大愛。

▲ 楊端澄(左)與黃曉瑩同學均希望參與更多醫學活動。

生。事實上，女生在產品設計與藝術觸覺上尤為敏銳，加上天生的同理心，能更細膩地關注他人需求，完美體現「以人為本」的精神。

藉傑靈盃與區內女生分享

「STEAM for Girls」的氛圍延伸至各年級，學姊帶領學妹學習。這股風氣更擴展至校外，學生透過活動交流將所學與其他學校分享，教師也樂於與業界同工及區內學校分享指導女生學習STEAM的經驗。

聖傑靈由2022-23學年開始為區內小學女生舉辦「STEAM for Girls 傑靈盃」比賽，小學生藉著參加STEAM工作坊及比賽，助其建立學習信心，而聖傑靈同學作為小老師，也能在活動中將所學知識加以實踐。關校長笑稱，在

中一收生面試時，有小六學生表示，選擇聖傑靈的原因，是由於過往在「STEAM for Girls 傑靈盃」中被聖傑靈學姊的熱誠和表現吸引，所以才決定報讀。

從DNA鑑證到時裝界

聖傑靈女子中學校本STEAM課程重視也強調「動手做」以訓練解難能力。例如應用DNA指紋鑑證技術在親子鑑定上，讓學生在真實情境中應用知識。此外，校方亦積極於校本課程加入新元素，於科技與生活科(Technology and Living)中加入時裝界廣泛應用的CLO 3D時裝設計軟件於教學，與業界接軌。創新設計工具結合STEAM元素，讓學生在服裝設計中獲得全新體驗，同時提升未來升學及職場的競爭力。

醫學會與正規課程融合

醫學會期望在未來逐步將醫學活動與學術內容融入正規課程之中，使醫學教育不再局限於課外活動，而是成為學生全人發展的重要一環，進一步連結中學與高等醫學教育，為同學邁向專業醫護之路奠定更穩固的基礎。

09-10. 每年試後活動，聖傑靈會有環保時裝設計比賽，讓學生展現設計才能。

11. 在浸大的中醫藥展覽上，同學正認識不同中藥的組成成份。

12. 開放日上，同學向來賓介紹DNA的構造。

13. 學生於科技與生活科使用時裝設計業界常用軟件。

14. 科技與生活教室展示學生的時裝設計作品。

關智權校長 對STEAM教育意見

> "未來期望同學繼續實踐「非以役人，乃役於人」精神。"

問題比答案重要

STEAM教育在學界與政府積極推動下，學習氛圍顯著改善，學生對AI等新興科技展現濃厚興趣。

政府提供的資源與培訓（如AI課程）為教師指明方向。儘管課程需因應校本調整，但在資源充足的情況下，可以如科研所強調的探索精神般「摸著石頭過河」，按著自己本校的規劃，推行科技教育，總比硬搬一套方案，更能培養新一代的創科精神。

未來STEAM教育核心仍是解難能力的培養，關鍵在於讓學生主動發現、定義問題，而非被動解決教師設定的問題。在現實生活中，問對問題比找出答案更重要。這需培養觀察力與同理心，才能讓學生在社會上發現、思考、解決現實的困難，真正實踐「非以役人，乃役於人」的精神。STEAM 與服務學習的結合，也許是未來STEAM發展的一個大方向。

SCSG STEAM ROOM
冠軍
聖傑靈女子中學
St. Catharine's School for Girls
E11
E09
Achievement Exhibition
"Student Mentorship Programme on Innovation and Technology"
Cyberport
STEAM

聖傑靈女子中學
第二屆 STEAM FOR GIRLS 傑靈盃
Chemistry
Traffic Light Experiment
Achievement Exhibition
"Student Mentorship Programme on Innovation and Technology"
「創新科技學生師友計劃」成果

傳統D&T科起步
邁進國際機械人舞台

潮州會館中學

傳統的D&T科(設計與工藝)講求手作技巧，機械人創作亦涉及不少動手元素，兩者可謂是異曲同工。所以潮州會館中學在D&T科滲入科技元素，轉型STEAM教育作為發展主軸後，學生已習慣機械人創作。機械人團隊甚至能代表香港隊踏上國際舞台，發光發熱的過程中，備受欣賞及肯定。

黃佩芝校長與一眾參加
RoboFest2025的同學。

01

從工藝轉型為科技

美國底特律的勞倫斯理工大學（Lawrence Technological University）每年均會舉辦RoboFest國際機械人大賽，吸引全球多個國家學生，按大會要求創作不同機械人競賽。潮中可算是每年的常客，學生創作的機械人亦曾獲獎無數，舉例2025年便在「機械人任務賽」及「視覺機械人大賽」兩個組別均能將冠軍獎座帶回香港。

機械人成績如此卓越，或許可歸功早已轉型為男女必修的D&T科，即傳統被稱作「設計與工藝」的學科。該學科能夠培訓學生擁有靈活的金工或木工手工藝技巧，女生在製作上甚至還不輸男生。

因此，在STEAM教育發展初期，除了結合科學科、數學科及IT科的跨科合作外，考慮「動手做」元素及課時彈性編排的關係，便將D&T科再次轉型。在金工和木工概念上，滲入更多科技元素，包括：機械人、電動車、編程、AI等等，朝著STEAM方向發展。轉型後的D&T科英文簡稱不變，只將中文改為「設計與科技」科。

從基礎升級至精英

由於D&T科是初中必修科，更易實踐「STEAM for All」理念。黃佩芝校長表示，課程編排亦可以較有系統地進行。中一級新生，主要著重建立及鞏固基礎為主，課程內容為利用筷子及竹簽等物料拼砌支架，以初步培養工程

概念。中二級則是整個STEAM學習的關鍵節點，配合跨科專題研習，同學按照不同主題及要求完成任務，並在學期末匯報分享成果，展現學生全年所學。

老師透過觀察同學的表現，從中發掘具潛質的同學，例如：設計觸感較強、編程能力卓越、具備團隊合作精神等等，便會邀請他們加入STEAM校隊，這正是「STEAM for Elite」的發展方向。通過各項精英培訓後，代表學校出外參加不同比賽，如「RoboFest」、「新一代青少年科技大賽」、「全國青少年科技創新大賽」和「日內瓦發明展」等等。

此外，早兩年開始，潮中更將全年當中17個星期五的下午時段，劃分為課外活動日。其中包括不少與STEAM相關活動可供同學選擇，例如：機械人、編程、AI等等。目的是讓未被選入STEAM校隊卻又有著濃厚興趣的同學，也可學習進階知識，甚至成為滄海遺珠被老師重新發掘、發揮潛能。

01. 同學在日內瓦發明展介紹「自動急救機械人」。
02. 同學操控自家製作的人型機械人
03-04. 音樂機械人。
05. 同學自行組建AI機械人組件。
06. 搶包山機械人。

從創科引進到營商

同學升讀中三，仍會在課堂內接觸更多新科技，而從2024-2025年度開始，潮中應教育局建議，課程有所改革。

中三級普通電腦科被易名為「科技教育科」，由IT科及商業科一起教授外，亦需要開展專題研習項目，但會加入營商策略和管理等知識元素，包括：經濟、商業法律、企業類型、商業運作、品質保證……讓同學不僅會創建發明品，還會體驗營商環境。

黃校長續指，同學雖然會分組按個別主題設計新產品，解決一些生活難題，但最大分別則是課程會加入營商元素及商業思維。同學要考慮消費者層面，例如：賣什麼產品？產品受眾？同學要在開發過程中仔細研究。過程中，還會利用D&T科或STEAM掌握基本知識技巧，研發新產品，從而實際明白只有產品本身是遠遠不足夠的，還需要顧及商業營銷模式。

在學期末的「科技教育嘉年華」中，學校禮堂會搖身一變成為一個展銷會大廳。潮中會給初中同學分發電子付款碼，讓他們作為消費

07. 電動車學會的同學在測試賽車。
08. 中四級STEAM生活技能課。
09. 學生的電腦科學習

者去購買中三同學設計的商品。相對地，中三同學便需要制定營銷策略、商業營運技巧，向消費者推銷自己研製的STEAM產品，爭取他們掃碼購買，從系統中獲得數額。與此同時，旁邊其他中三同學也會成為商業競爭對手，畢竟電子付款碼並非無限供應。

從比賽爭取成功

潮中推崇「成功教育」的理念。成功的定義因人而異。希望同學有「成功的潛能」及「成功的願望」，STEAM便是一個很好途徑。在展銷會獲取最多「電子付款碼」或STEAM校隊奪取獎項，無一不是成功的體現。黃校長表示，部分學生的強項未必在傳統學術上，但他們能在STEAM創作或是比賽活動中，顯露才能且幹勁十足。相關經歷能給予他們一個目標去爭取成功，從而驅使其向前進。

08

09

急救機械人再進化

「自動化急救機械人」自潮中幾年前由同學研發出來後，其可以自動為傷患施行心外壓的功能，已多次揚威海外，獲取不少肯定。現時由林雨軒與楊敬謙同學接手繼續研發工作後，又再一次有大幅度躍進。例如：新增鏡頭後，可透過拍攝傷患鼻樑位置，以 AI 計算心外壓的正確施力點，避免錯誤導致傷患進一步惡化。同學表示，即使是老人或嬰孩，機械人都可應對作出急救。此外，機械人的穩定性也已加強，同學興奮地表示：發明展的幾天中，機械人是零出錯的。接下來更多考慮是外形及施展力度的改善，務求日後可商品化。不過，在這之前，他們已收獲「日內瓦發明展」的「銅獎」。

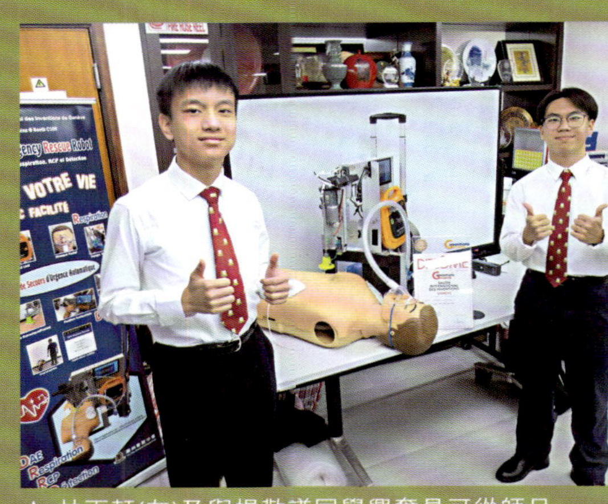

▲ 林雨軒(左)及與楊敬謙同學興奮是可從師兄手上接下機械人，為它作出更多改良。

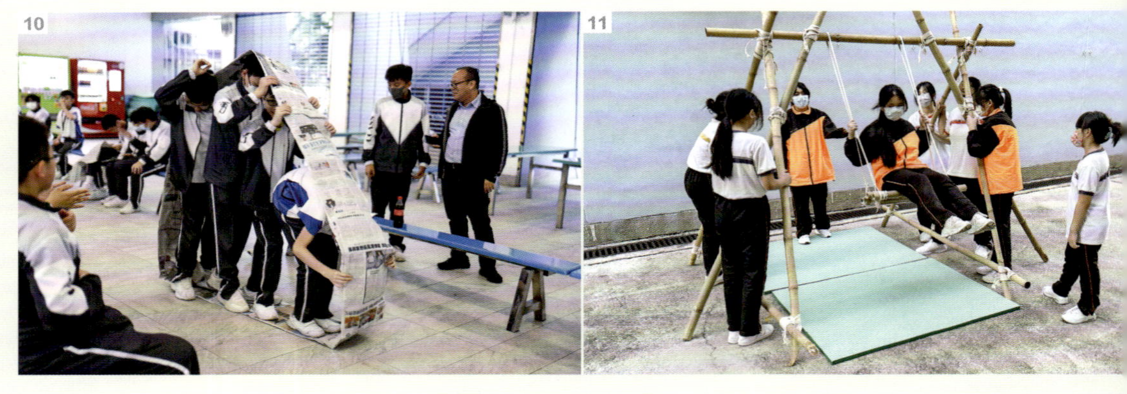

黃校長亦強調：將參與比賽或活動，只視為玩樂的觀念是時候改變。活動是課程一部分，背後有很多學習元素，正是我們常說的「VASK」全人發展： Value（價值觀）、Attitude（態度）、Skills（能力）及Knowledge（知識）。首先，舉例早前的 RoboFest 2025 比賽中，同學們發揮團隊合作精神，朝相同目標努力，就證明彼此擁有相同價值觀及內驅力。過程中難免會經歷失敗，但在失敗中反覆嘗試，堅毅二字絕對是不可或缺的精神。其次，整個活動或參賽過程，不失為一個寶貴的平台，能令同學一展所長。所以，成功教育並不是表示一開始便成功，失敗反而是導向成功的重要過程。

從目前放眼在未來

對一位學生的「成功」的定義，固有想法只在學術成績，但作為校長，除了學術以外，重要是同學如何突破自己，走出舒適區，從夢想出發成就未來。

黃校長坦言自己過去二十年的教學生涯中，也是處理學生生涯規劃發展，學校培養學生的各種能力，正是朝著十年後的世界的需要。

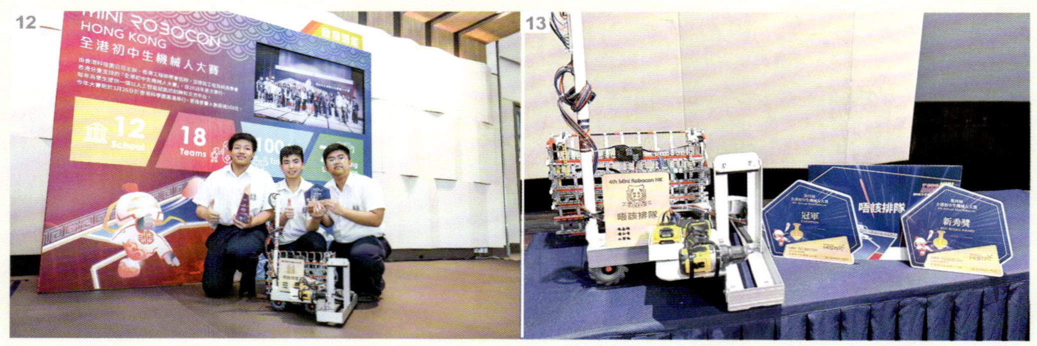

因此，即使無法預估未來社會需要，也儘可能厚植學生才能，就目前而言，必然就是 AI 教育。所以教學層面上，各學科也已引進AI技術輔助教學需要，舉例中文科便引進AI批改作文系統，可仔細微批改同學文章，亦可有助老師指導學生使用美詞優句。

學生層面上，中一、中二級的D&T科及中三級的科技教育科，亦已引進AI元素，使用由香港中文大學提供的相關教材，務求同學能更早接觸先進科技。無論世界今後如何轉變，當下都只緊貼著社會大趨勢繼續發展。

14

10. 中一級STEAM歷奇活動。
11. 同學學習建築與工程的知識並自行製作韆鞦。
12-14. 校際機械人比賽。

黃佩芝校長 對STEAM教育意見

憑創意，未來可以發揮強項

為迎接未來世界的挑戰，STEAM 教育確實有所幫助。同學憑著自己的創意思維能力以及VASK元素，將來定能在社會上找到發揮強項的地方。同學們在參賽過程獲益良多，會感嘆：天外有天人外有人。但更會反思自己的不足，持續追求進步。

潮州會館得到辦學團體的支持，令潮中可獨享一份資源。如資源充足，希望能給所有同學提供寶貴的外出參賽學習機會。所以，若然政府能夠在推動STEAM教育這個範疇給予更多預算，對發展來說會是件好事。不過，目前最缺乏還是STEAM老師，即使各大專院校有相關培訓，但問題是畢業生也很少會投身教場，多數都去了創科市場。

話說回來，教育局推動AI教育的大方向，普遍都會認同，因為這是國際發展、教育趨勢。但站在學校而言，發展的資源卻仍嫌不足，無論購置硬件、招聘支援人員，都是缺乏資源下，如何又能支援到課程發展？

"即使各大專院校有培訓，但都會流向創業市場。"

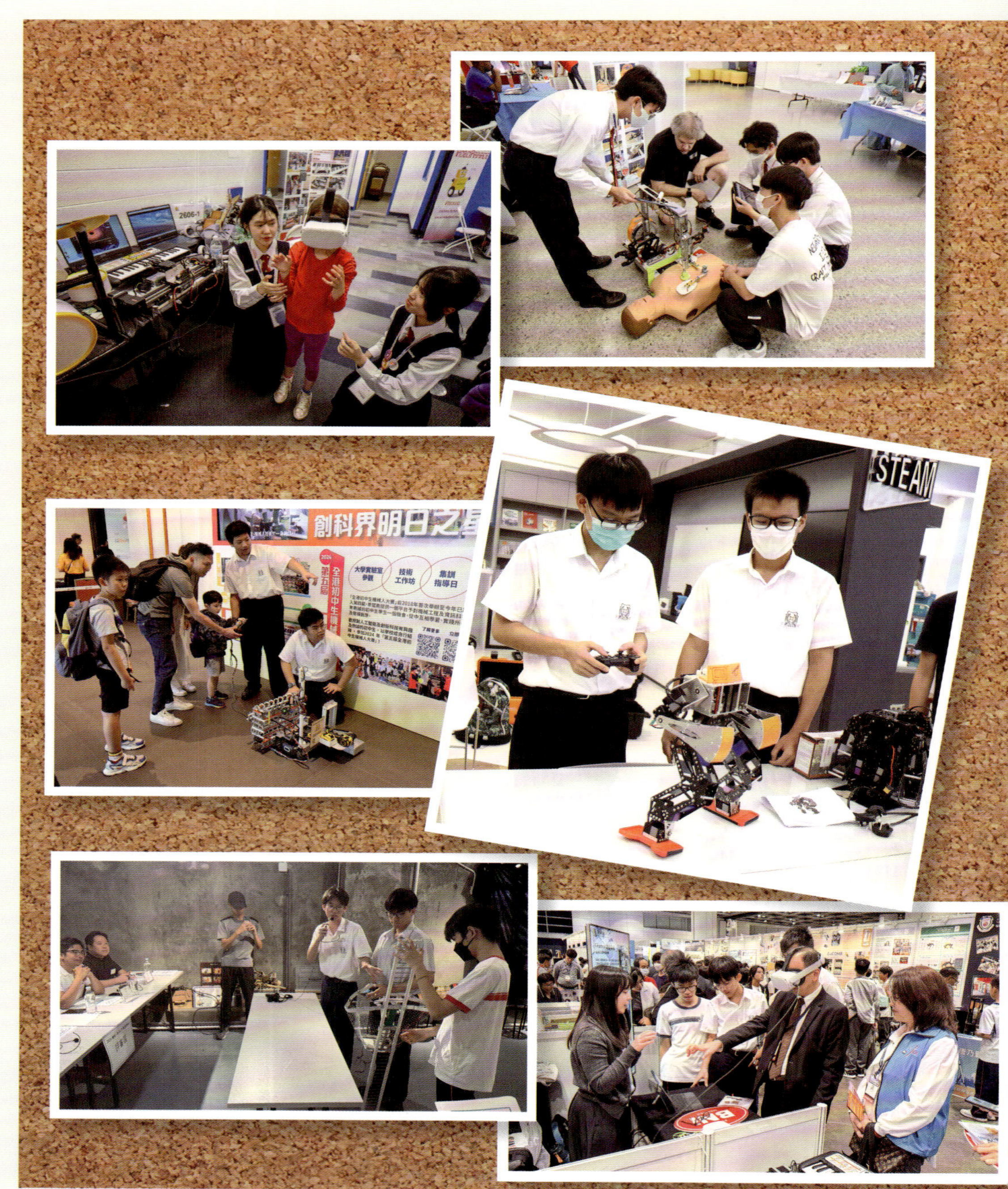
STEAM
創科界明日之星
全港初中生機械人大賽
大學實驗室參觀
技術工作坊
集訓指導日

小學

從初小便要起步

STEM推廣之初，不同小學都會從高小階段，即四年級才會展開。理由大多是小四學生思想算是已成長起來，可適合科技、科學的學習。不過，隨著STEM的發展下來，大多數學校從小一便已滲入相關學習，甚至已跳出玩樂形式的學習，初小同學都會進行一些簡單科探活動或專題研習，並逐步循序漸進地銜接高小的較深入學習。

大埔舊墟公立學校
元朗商會小學
西貢崇真天主教學校(小學部)
道教青松小學(湖景邨)
中華基督教會基慧小學
東華三院鄧肇堅小學
中華基督教會長洲堂錦江小學

（按剔除辦學團體名稱後，依筆劃順序排列）

從編程教育 逐步走進在生活中應用科技

大埔舊墟公立學校

會變臉的機械人、看舌頭再提供食療調理、光雕投射熊貓生活，這幾個作品都很有趣，也很生活化吧？它們都是大埔舊墟公立學校學生，結合了不同學科知識，以至運用編程、工程、藝術等技能後的創作，可說是體現了學校由發展編程教育，逐漸走進生活，鼓勵同學多留意日常生活難題痛點，加入工程元素來解決問題的理念。同學今天不單會拿起螺絲批親手做作品，還會滲入應用AI，這些都是學校創科一步步走過來的實證。

後排左起：劉兆基副校長、張天豪老師、
區建強主任、曾嘉麟副校長、李雅儀主任；
前排左起：尹巧儀老師、鄒海怡主任、
潘思敏副校長、張麗珠校長

AI已是必教課題

走進大埔舊墟公立學校為紀念60周年時裝修的「60iLab」，一角是光雕作品「大熊貓小生活」，另一角則是AI手機應用程式「舌家宴」，中間位置也放置了一個變臉機械人。三件作品都很生活化，還或多或少與AI有關，這也說明學校對AI學習有多重視。曾嘉麟副校長笑言，不到學校不重視！情況是同學每天已對AI應用十分純熟，也會用於學習。既然如此，何不由學校來教，至少可以滲入媒體及AI素養的內容，讓同學掌握知識、技能之餘，亦有正確應用AI的態度。早前，學校還參加了香港中文大學工程學院創新科技中心推出的「以學校為本提升學生科技素養計劃」(ASSETE)，按照人工智能、應用科技、媒體素養等等方面為同學注入創新科技的知識。

01

01. 初小同學會以不插電模式學習編程概念。

02-04. 同學可以為機械臂編程完成不同任務。

學習編程有甚麼用途？

不過，大埔舊墟的AI學習如此前瞻，也不是今天的事。學校早期經歷過幾次資訊科技的發展，都是走在學界的最前。首次是回歸後，時任特首董建華先生致力推動資訊科技教育，大埔舊墟就是第一批先導學校。來到2018至2019學年度，大埔舊墟又成為賽馬會贊助的CoolThink@JC計劃中，首批先導學校之一，在編程教育取得不少助力。及後，更將編程教育延展至三年級，以Matatalab 不插電編程讓同學更早有所接觸。

光影投射熊貓生活

幅幅《大熊貓小生活》便是蘇立恒同學、葛彥禧同學、謝語桐同學及張善兒同學的光雕藝術創作。他們於視藝課繪畫熊貓的生活動畫，再以投影技術投影到另行製作的3D立體模型之上，可說是科技與藝術的結合，也是幾位同學一次其他繪畫模式的嘗試。尤其是本來有國畫經驗的葛彥禧同學，以往也有用國畫技巧畫熊貓，所以特別想以電繪方式再畫一次。另兩位小妹妹更是想觀看科技下藝術結構會與傳統繪圖有甚麼差別。

08

▲ 左起：謝語桐同學、蘇立恒同學、葛彥禧同學及張善兒同學均指除了光雕還有參與AI作曲、AI拍電影，都是藝術人才。

中華文化融入AI元素

川劇變臉及舞獅都是中華藝術，歐展翹同學、葛彥禧同學及譚柏麟同學卻將它們與AI技術融合在一起。川劇變臉機械人，是同學一次觀看川劇取得的靈感。機械人鏡頭可捕捉顏色，並變出相應臉譜及做動作，都是同學參考川劇資料後專門設計。

另一個機械舞獅及財神就是用來慶祝農曆新年。財神厲害地用上圖像辨識，給它看福字，它的金元寶下就會變出福字，看金幣就變出金幣，這些都是同學們在春節給大家拜年的祝福。

▲ 左起：歐展翹同學、葛彥禧同學及譚柏麟同學連續兩年都有創作以中華文化為靈感的機械人。

在走得快走得前下，核心問題來了：「究竟學習編程有甚麼用途？」直至張麗珠校長在一次到芬蘭進行教育考察，一個她形容為「動手動腦」的概念給了她很大衝擊。芬蘭的學校會鼓勵學生透過創意及小組溝通，動手創作發明解決生活難題。

於是，結合大埔舊墟過往編程教育的經驗，讓同學從日常生活難題出發，以科技方式解決，一個全新的校本課程「生活與科技」便誕生了，學生可從一年級起，更有系統學習科技、硬件編程、軟件編程及有時間、有空間去創作作品。

軟硬件雙向發展

「生活與科技」科解答了張校長的迷茫，它以軟件及硬件雙向發展。軟件上會繼續參考及優化 CoolThink@JC教材，集中編程以至是AI學習；硬件則主要做發明品。但核心概念則是學習須與生活息息相關，並連繫軟硬件解決難題。生活與科技科科組長兼創新及STEAM教育總主任區建強老師表示，高年級課程還會導入「設計思維」應用，並以「問題為本」為出發點，希望培養同學的同理心、仁愛以至正確價值觀，即使是低年級課題亦同樣是以問題為本；另一位生活與科技科科組長李雅儀主任，便介紹初小一個以舊樓降溫的

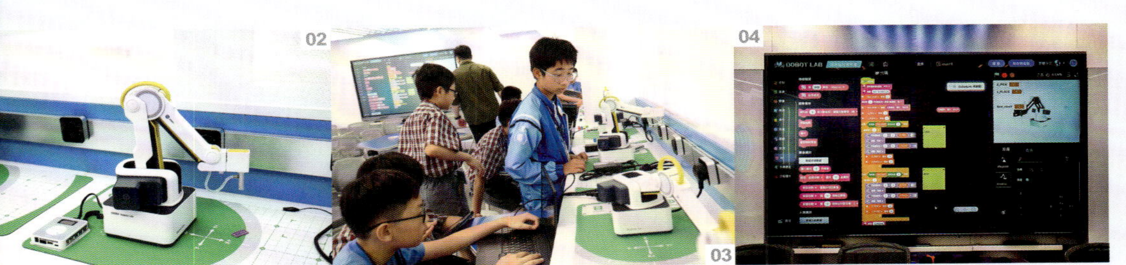

05. 同學之前還製作過一條火龍。

06-07. 同學動手做的作品。

08. 初小的同學也會有動手做體驗。

09. 以往不懂怎樣接線情況再不復存在。

“低年級的學習就如埋下種子，將來或許工程師就是這樣誕生。”

專題學習，同學以同理心出發，研究以甚麼物料幫助基層家庭降溫，這正是以生活難題為點子，然後以科學及動手做解決。

彌補工程缺失的部分

60iLab的一角還放著不少機械臂，這是張校長參考一位工程師前輩的建議，希望引進來給同學增加工業機械的應用認識。區主任則再補充，大埔舊墟在編程教育確實發展得很快，但在工程方面是比較缺失，所以機械臂的工程相關元素可以有所填補。

大埔舊墟今年更加入「優質教育基金主題網絡計劃」（QTN），在四年級引進一款不涉程式編寫的六足機械人製作。曾副校長表示，六足機械人雖然很原始簡陋，但從使用3D繪畫軟件設計開始，切割膠板、拼砌、焊線等工序，都需要同學自己負責，而不是如坊間多數套件式機械人，按圖組裝即可。所以即使是一粒螺絲、一個齒輪箱，都要同學親手裝上去。曾副校更笑言，這才是真真正正動手做。

同學還可以發揮創意，改良六足機械人，如何跑得快點、如何負重多點、如何拉力強點，都考究同學的工程知識，也是對設計思維的培訓。換句話說，QTN這個機械人回歸到生活科技科的問題為本概念，同學要思考製造機械人來拉動物件，過程中要運用科學科技知識，提升它的效率。

只要喜歡，自然都能成尖子

STEAM教育常見從普及至尖子的三層金字塔培養模式，大埔舊墟也有類似架構。不過，區主任不諱言，學校一直都想「做大個餅」，所以會找來很多活動或比賽讓同學體驗，也有不少STEAM課外活動，單單是AI課程便有AI唱家班、AI電影班、機械臂。

"高年級每年分組的創科成果展，會在每年結業時向全校展出及介紹。"

看舌頭提供食療

舌家宴？可不要以為是某位明星姨姨，這可是彭玥喬同學、招玥澧同學、黃邇晴同學及彭相瑜同學創作的AI手機應用程式。鑑於中醫都會看舌頭了解病症，所以「舌家宴」也從舌頭判斷用家該以甚麼食療作調理。為訓練它，同學更曾拍下三千多張不同的舌頭相片，過程非常艱辛。下一步同學構想將AI變為多國語言版。

▲ 左起：招玥澧、彭玥喬、黃邇晴及彭相瑜幾位小妹妹為訓練AI，拍攝超過三千張相片，的確值得鼓勵。

10-12. 除了生成古詩詞圖片，還有生成盤菜餸色。

13. 葛彥禧運用3D PEN 塑造的「香港大熊貓歡迎你」AI 擺設熊貓，可掃描 QR 觀看AR 效果。

曾參與人次超越三百人，可說全校過半同學都曾涉獵。第一層多了基數，相對地第二層、第三層的數量也會上來。區老師更笑言，只要從活動中啟發同學興趣，他們喜歡上後，是會主動慢慢花時間學習更多，自然而然地也就會變成為尖子。

學的有趣，教的有效率

加入更多創科項目，絕對會是大埔舊墟未來的目標，包括加入更多無人機活動。只因它也有著兩個範疇：表演及競速。表演方面涉及的編程，與大埔舊墟一直以來的課程配合；競速上則涉及如何飛得更穩更快，則包括工程改裝元素，正好是學校近年有意發展部分。

當然，即將成科的科學科也會是重點。為此，大埔舊墟已加建科學室，方便同學正式的學習。但張校長強調，更重要是學科與學科之間，以至是科技與科學之間的無縫結合，讓學的更有趣，教的也更有效率。

張校長最後就以剛完成的AI古詩文項目為例，就是將中國文學與AI的結合，同學會以古詩文透過AI生成圖像程式，生成一幅圖畫，趣味地學習。

張麗珠校長對STEAM教育意見

學生如何厲害都該對社會有所回饋

無疑，STEAM學習過程中，同學的未來技能、數碼技能、邏輯思維、創意能力、解難能力、同理心等等，都呈現到他們的作品之中，從而確實看到在學習和應用之間已緊密扣連起來，同學也會因作品能夠幫助別人，覺得學習有意思。

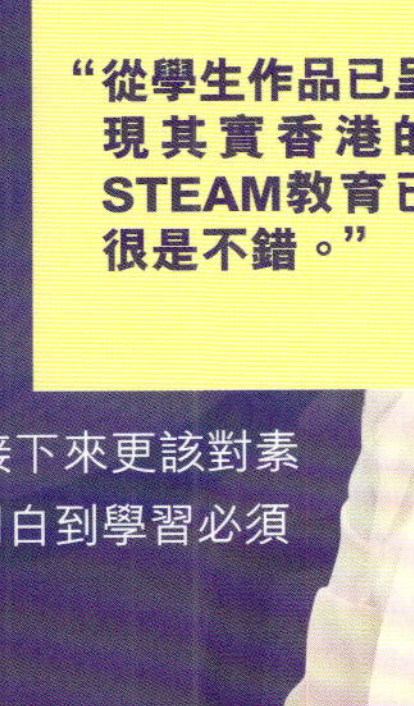

事實上，很多文獻、數據、研究都會表示，香港的STEAM教育已經很不錯，老師勤力肯學之餘，同學更是厲害，尤其香港是個特別地方，中西匯集交流，尖子們容易出外開闊視野。即使是普及教育上，也在不斷進步之中。不過，也不能側重未來技能學習，接下來更該對素養有所重視。學生學習如何厲害，也該回饋社會，明白到學習必須對人有益，才更能在學習裡面得到樂趣。

另一方面，最希望是：無論是教育局、學校、家長、社區都能緊密合作，一起推進科技教育。力與同理心，才能讓學生在社會上發現、思考、解決現實的困難，真正實踐「非以役人，乃役於人」的精神。STEAM 與服務學習的結合，也許是未來STEAM發展的一個大方向。

ROBOFEST
LAWRENCE TECHNOLOGICAL UNIVERSITY
2025
ROBOFEST 機械人大賽
GAME
冠軍
熱心教育
當AI遇上盆菜
THE FUTURE

Solve for Tomorrow 2024-25
Award Ceremony
SAMSUNG

後排左起：李婉婷老師及李德彩校長

衝上雲霄 伴著天空高飛

元朗商會小學

在元朗商會小學，正展開着一場全校師生共同體驗「衝上雲霄」的學習故事。

每個孩子心中都有一個飛翔夢，在這所學校，學生們有機會離夢想更近一步。課堂上，同學們學習如何摺紙飛機，聆聽現職飛機師的到校分享，還可以到訪海外實地考察，親身感受不同地方的航天科技……多元化的學習體驗，都是在為孩子們搭建一個「衝上雲霄」的舞台，幫助他們拓寬視野、放眼世界，勇敢追夢。

01

翱翔起點：讓飛行教育飛入尋常課堂

飛行教育，需從紮實的基礎開始。許多學校的模擬飛行課程，卻多屬資優課程或興趣班。元朗商會小學則將「飛行」元素融入STEAM教育，更特別設立「衝上雲霄」課程，營造濃厚氛圍，確保每位學生都有機會接觸。

李德彩校長介紹，該課程涵蓋三大環節：校內培訓、校外參觀及校外比賽。校內培訓系統性地涵蓋航空相關的各種知識。學生首先需深入理解飛行的設計、原理、構造，以及相關的數學、物理、力學等基礎理論，方能掌握飛機翱翔藍天的奧秘。課程還會引導學生認識航空產業的多元面貌，理解航空業還包含空中服務員、維修人員、工程師等眾多專業崗位。「夢飛行工作坊」中，現役機師在內的各領域從業人員，更會到校與學生分享實務經驗。學生更有機會參與「空中教室」，在真實航班上向機組人員學習航空知識；透過「航空探索日」，學生得以進入香港機場禁區，在專業人員引導下，深入瞭解飛機維修、零件構造及飛機的內部實況。「紙飛機設計工作坊」中，學生與家長共同設計、摺紙飛機，充分享受「飛」上天的箇中樂趣。

航天科技學習室：築夢藍天實踐基地

課程的核心實踐場地，是校內的「航天科技學習室」，當中最醒目便是門口的「衝上雲霄 Pilot Dream Come True」大型壁報板，時刻激勵着學生追逐飛行夢想。

01. 摺好就儘力掟向天空。
02. 航空工作人員到校分享。
03. 要紙飛機飛得遠飛得耐可不能亂摺。
04. 親身體驗飛行原理。

李德彩校長介紹，學習室及其配備的模擬飛行器，由林氏基金捐贈、鄧同光先生家族以及元朗商會教育促進有限公司概捐，旨在為學生提供正規及專業的模擬飛行訓練環境。學生透過模擬系統，能親手操控飛機升降，並全程監控及調控儀錶板各項飛行參數，以維持飛行姿態穩定，還原真實飛行情境。

從香港飛向世界：拓展航空視野

為突破飛行地域限制，學生們曾遠赴新加坡、泰國、日本、西班牙、芬蘭等地參觀，更曾參與在法國巴黎舉行的國際航空展，親身感受全球航空文化的發展趨勢與尖端科技，並與來自不同國家的人士交流，汲取寶貴經驗。

學生亦積極投身本地及國際賽事，屢創佳績，例如曾於瑞士日內瓦國際發明展、日本熊本紙飛機友誼賽、大灣區飛機設計比賽等舞台展現所學；更在香港學界創意紙飛機競技大賽中屢獲殊榮，實力備受肯定。這些寶貴的實戰經驗，不僅驗證了學習成果，更極大強化了學生持續「衝上雲霄」、追求卓越的自信。

02

03

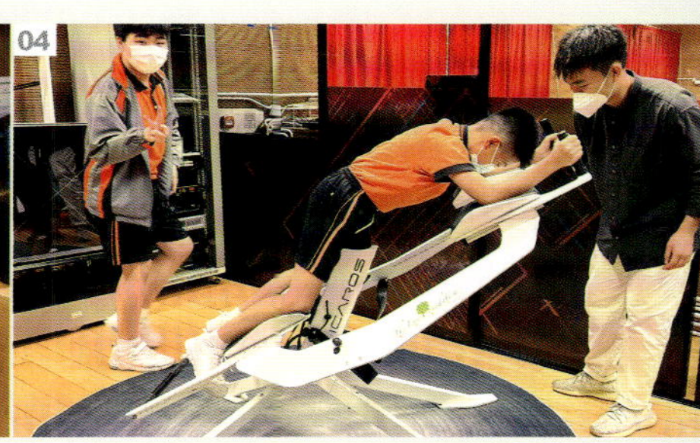
04

緣起藍圖：實踐多元航空教育

元朗商小的飛行教育之旅，可追溯至十餘年前。負責課程的李婉婷老師回憶道，當時坊間「小小飛機師」等課程廣受家長歡迎，但學費不菲。林氏基金會一位擁有機師執照的負責人，於是提議在校內開設相關課程，讓全校學生均可接觸航空領域。不到一年，學校逐步增添設備，引進模擬飛行器，學生們得以「坐進駕駛艙」，親身體驗操縱飛機的樂趣。時至今日，元朗商會小學已擁有十台模擬飛行器，並將紙飛機活動納入課程體系。

李校長闡釋背後的教學理念：模擬駕駛或摺紙飛機均與飛行息息相關。紙飛機看似簡單，實則蘊含着與真實飛機相似的飛行原理及力學知識，學生仍需反覆練習方能掌握摺疊技巧與操控要領。這項活動正是將理論知識應用於生活實踐的絕佳體驗，能有效激發學生對STEM的興趣。李校長期望不斷拓展航空課程的廣度。因此，學校更引入了「水上飛機」製作課程，讓學生運用水樽、雪條棍、馬達及螺旋槳等材料，動手製作能於水面漂浮起飛的模型飛機，進一步探索航空科技的多元面貌。

STREAM：閱讀鑄就探索基石

除航空特色課程外，元朗商小的STEM教育發展擁有深厚根基。早在推行STEM教育之前，數學及常識科課堂已融入探究式學習，鼓勵學生動手操作、探索問題、進行實驗測試，以此激發好奇心、創新思維及解難能力。

隨着時代的發展，學校也不斷為STEM注入新元素，逐步拓展出豐富多元的活動，如：火箭車、3D列印、無人機組裝與操控、程式設

05. 校長特別感謝林氏基金會香港總監林宗業博士（圖後右一）與商小的合作。
06. 兩部模擬飛行器都是由林氏基金贊助。
07. 現職機師會親自指導操作模擬飛行器
08. 學習室最搶眼便是寫有衝上雲霄的壁報板。
09. 同學看來對飛行很有信心。
10. 林宗業博士會到元朗商小與同學分享飛行夢想。
11. 連續多屆在紙飛機大賽獲獎。
12-13. 參觀外國不同的航空中心。
14. 國際紙飛機大賽上與其他國家小朋友交流。
15. 與來自不同地方的人士交流也不怯場。

追夢者已在途上

模擬飛行課程推行十年來，已為無數學子播下飛行夢想的種子。許多畢業生即使在中學階段未能接觸類似課程，仍心繫母校，不時返校重溫飛行體驗，並主動擔任學長學姐，熱心與學弟學妹分享駕駛心得與學習歷程。李老師特別提到一個生動的案例：其中一位參與課程的學生，已計劃赴澳洲學習飛行，立志成為專業飛行員，並期望未來投身空難調查工作。這正呼應了「衝上雲霄」課程的核心宗旨：並非期望每位學生都成為飛行員，而在於激發他們對航空領域的深厚興趣，並拓寬對航空產業多元面貌的認知。若非課程的引導，學生們或許難以深入瞭解航空業不僅有飛行員，更包含如空難調查員等眾多充滿挑戰與意義的專業崗位。

▲ 相中又會有多少個未來飛機師呢？

計等，並通過跨學科課程深化學習，引導學生融會貫通各科知識，並在生活中實踐應用。

元朗商會小學更將STEM拓展為STREAM，新增的「R」代表閱讀（Reading）。李校長強調，「輸入」是學習不可或缺的環節，通過閱讀科學類文章，能為學生的科學探索提供有力支撐。李老師進一步闡釋閱讀的普遍價值：即便是操作市售教材或設備，深入理解其原理與應用也離不開仔細研讀說明書。事實上，為確保學生獲得充足的知識養分，學校在中文、英文、數學、常識等各個學科，均精心準備多樣化的閱讀材料。

擁抱未來：AI融入STEM教育

面對常識科即將分拆出獨立的科學科，李校長表示，此舉對STEM教育的推動並無太大影響。相反，更能清晰地界定學生需掌握的科學知識範疇，並具體落實科學探究、工程設計等核心能力的培養。

為持續培育未來所需人才，元朗商會小學將進一步深化與不同專業機構的合作關係，並積極引入尖端科技充實課程。例如，即將於下學年將人工智能（AI）技術融入STEM的學

習框架中。參與《童擁AI計劃》旨在引導學生透過編寫程式，結合micro:bit主控板及各種感測器配件，改善日常生活品質的創新應用方案。

17. 説到飛行怎可缺少無人機。
18. 水上飛機的構造都是廢物利用。
19. 學校有水池可試放水上飛機。
20. 新科技玩意也會引進學校給同學試玩。
21. 同學砌作的火箭車型。
22. 3D打印模型也是課程內容。

李德彩校長 對STEAM教育意見

前瞻STEM教育：跨學科融合與時代挑戰

STEM教育作為培養學生創造力與實踐能力的核心模式，已在香港學界初見成效——學生展現的學習熱忱、國際競爭力皆是有力印證。然而，隨着科技飛速反覆運算，STEM教育亦需持續革新。例如，人工智慧（AI）技術必將深度融入課程，為學生提供前沿科技體驗；更關鍵的挑戰在於如何將STEM元素有效滲透至常規課堂，實現與藝術、語文、人文等學科的深度協作，構建跨學科學習網絡。

“希望未來重點提升在新科技方面的師資培訓。”

教育局推出的政策支持與資源投放，對學校購置設備、舉辦活動助益顯著。教師專業發展方面，政府雖通過工作坊等形式提供STEM教學法與科技應用培訓，但面對AI等新興技術，教師仍需更系統化的專項支援，方能精準駕馭時代變革下的教學需求。

express
E-DAY 2024

inventions Geneva
50TH INTERNATIONAL EXHIBITION
OF INVENTIONS GENEVA
APRIL 2025

將STEAM眼光
望向海洋保育

西貢崇真天主教學校
(小學部)

中國人有句說話「靠山食山，靠海食海」，套用到西貢崇真天主教學校(小學部)原來也是十分貼切。從學校步行一段小距離便可到達西貢海邊的關係，所以在早年透過機械人、編程、無人機等發展STEAM成熟之餘，便將眼光放到海洋，想配合它來規劃一些STEAM課程內容，再滲入愛護大自然的美德，讓同學一邊學習更多科技科學知識，一邊將之運用到海洋保育、海洋污染等等議題的解決上。

左起：郭錦俊主任、王振芸副校長、馮家俊校長及余諾軒主任。

07
08
09
10
11
12
HKT
education
csl.
5G

不過西崇小附近最能與大自然相關的，就是步行小距離便可達的海洋而已。馮校長則再簡單直接表示，西崇小已有過百年歷史，住在西貢的學生家長不少都是舊生，所以同學在愛護西貢這個漂亮的地方時，亦即等如愛自己的家，怎可能不對它加以保護？

因環保衍生環保學習

愛大自然的美德，當然不會只集中在小五的生態先鋒課程，其他各級以及即將開設的科學科也會有相關主題，讓各級同學嘗試。所以這裡或許會疑惑，資源從何而來呢？馮校長首先感謝老師們一條心，明白STEAM或創科是個大趨勢，也是學生必需具備的未來能力，所以願意投放努力做到最好。至於資源其實不算是太困難，只是正正因為西崇小對STEAM教育的重視，往往會優先考慮，以「全方位學習基金」為例，西崇小會有意識地將大部分投放到STEAM教育。

此外，西崇小不時與大學以及其他機構合作，例如早年與坊間機構合作在學校天台安裝太陽能板，將太陽能板吸收到的電力轉賣給電力公司，收益則用作發展本校環保教育，包括水耕溫室日常維護，以至投放到海洋保育的學習。而且，以太陽能發電緊扣水耕溫室，對同學來說還可以是另一種的環保學習內容，是一舉多得做法。

並不只是電子科技

能夠整合所有STEAM課程及經驗，並扣連環境保育以至是可持續發展目標等議題，只因西崇小比其他學校更早地將機械人、編程等科技學習內容從課堂抽離，並構思不同活動，讓同學懂得將所學知識運用來幫助社區。

學生活動主任郭錦俊老師表示，當初是留意到部份同學對於STEAM強調的「動手做」元素，相比起傳統書本知識，學習表現更為優勝甚至增加不少自信，所以率先全校推行STEAM教育的同時，刻意在每個年級撥出獨立課堂時間，而非採用普遍學校將STEAM融入特定某幾科的做法。不過，郭老師亦強調STEAM從來不會獨立成科，一來它是跨學科學習模式，其次一旦作為科目，必然涉及評估，影響學生的學習動機，又或只希望尋求爭取高分數。

07-08. 同學會擔當氣象站的記錄工作。
09. 校內的水耕溫室。
10-11. 會有專門同學會負負天台氣象站的監測及介紹工作。
12. 天台的氣象站，可收集西貢區的天氣數據。
13. RoboMaster機甲大師賽亦是常客。

潛移默化深化知識

STEAM統籌主任余諾軒老師亦補充，STEAM教育都會配合每個年級常識科的相關議題，但特別之處是常識科主要是涉及知識層面學習，STEAM就會希望同學獲取知識後，可以實際應用出來。其中，二年級同學會製作磁力車以至磁力迷宮，用以實際體會磁力特性：三年級更會配合錫紙製作太陽爐，再放到操場上觀察太陽能如何令一杯水增溫：四年級更會製作迷你吸塵機，觀察風力應用。簡而言之，都是希望透過應用層面，深化同學學習體驗。

余老師感嘆，AI世代下，隨便問一問AI便可輕鬆為書本知識作總結，學習變得輕鬆，但卻沒有趣味可言。反之，透過動手做的過程，哪怕被同學視作為「玩耍」，但磁力車為例，同學在嘗試加減磁石量來觀察結果的過程，STEAM知識已是不自覺地滲透其中。

科技知識必須應用出來

西崇小強調創作必須能夠應用，不然既變得不真實，學習上也不會「入腦」，亦不能幫助別人。

郭老師舉例，同學曾經運用編程技能，為老人枴杖加上感應器、光管以至聲效、讓長者在夜晚橫過馬路時，行駛中汽車可對他們多加留意，正是以保障長者安全及幫助解決老人問題的示範。

馮校長強調不希望同學以「交功課」心態進行發明創作，而是可就住日常生活需要、困難、痛點，思考實際解決方法及應用，縱然可能只是停留在意念或想法層面，未必能真正製作成品，甚至相關概念已在坊間出現，但同學因為知道「為什麼要做」，創意變得真實，創作也變得有意義。郭老師更笑言，曾有同學忽發奇想，為杯麵加入計時器，3分鐘一到便會自動打開蓋，都是同學將創意真實應用到日常生活的實例。

郭老師更表示，即使意念能演化為實物模型，但最終還是失敗亦無關係。之前有一組同學，因為希望讓等候子女放學的家長，不需站在操場暴曬導致中暑，便以半年時間設計了一個智能調溫與休舒等候區，可因應日照展開。校方看過實物模型，也認為可實際安裝到室外環境，可惜最後因造價問題而放棄。整個過程對同學來說也是學習經歷，從中學懂即使應用設計確實可帶來好處，能夠幫助解決生活問題，最終還是要視乎實際狀況而定，唯有再構思有沒其他替代方案，例如考慮在天台安裝散熱設施？

14. 同學更曾用Marty贏過不少獎項。
15-16. 還會遠赴外地向全球介紹Marty。
17. Marty機械人是近年西崇小發展不錯的課程。

“STEAM需要同學動手做，才可深化學習知識。”

18

18
19
20

先嘗試再拔尖

既然是以抽離式學習STEAM，所以可有更多空間讓同學嘗試。余老師便指，基本上每當有什麼新科技玩意出現，都會先放到課堂上，讓全部同學均可由零開始以活動體驗形式有所接觸。舉例五、六年前，無人機還剛興起，沒太多人有所認識，甚至還沒有小學引進，西崇小的同學便已經試玩過很多次。

增加同學認識新科技是目的之一，但也可從中觀察同學對那方面較大興趣或較有天份，相對地便可給予更多進階學習機會，深化知識之餘，還可參加一些對外比賽或活動，擴闊視野。

不過，郭老師也坦言，涉及比賽則還會考慮培養同學的協作能力，畢竟例如機械人團隊，也不只需要操作能力，還需要創意、編程、設計等等部分，以至還需要能言善道的同學負責展示及介紹機械人設計。

小學一條龍銜接中學

只要跨過西崇小操場的邊線，便是西貢崇真天主教學校(中學部)，雙方直接就是緊貼在一起，小學同學也可一條龍升讀至中學部。不過，毗鄰在一起的最大好處，卻是普遍中小學經常面對的STEAM教育銜接問題，在西崇小可說並不存在。

早於STEAM教育發展前，西崇小一些常識科的科學研究，都會借用中學部實驗室進行，例如劏青蛙、牛眼的解剖實驗。王副校表示，西崇小從同學需要為出發點，所以希望儘早為他們的學習做好裝備，而中學部有著充足資源可供應用。她以愛護大自然的學習為例，中學部建有蝴蝶園，可將自然生態、人文科學、可持續發展目標等等扣連在一起，讓學習在這種環境下更符合科學精神，所以現時連小一的同學也會走到中學部上堂。

發展至今，西崇小與中學部的合作更為緊密，甚至會將小學常識科課程綱要與中學部分享，再共同研究有什麼延伸活動可在中學部進行。

18-19. 初小學生也會動手做一些科學小玩意。

20. 同學還會學習VexIQ，每年挑戰不同任務。

21. 拔尖同學都會出外與參與不同活動，跟各國學生或專家交流分享。

22

23

郭老師舉例，常識科與光線有關的課題，便可到中學部的實驗室進行相關光學實驗，整個學習便緊密扣連起來。

而對同學而言，最大好處是編程學習。小學部可與中學部有良好溝通，例如小學會學習micro:bit、Scratch、中學則學習 Arduino，不會發生重覆學習的問題之餘，學習也變得循序漸進，容易延伸至更高階學習。

五行特色課程

即將常識科會分拆出科學科，也是部分小學的擔憂，但放到西崇小或許並不是什麼事情。由於西崇小強調STEAM學習必須加入動手做元素，累積不少實驗基礎經驗，從一、二年級的簡單科學實驗，推展至三、四年級較進階的公平實驗，再至五、六年貼合中學程度的實驗配置，是越來越細緻及精緻，再加上與編程或其他設計元素的整合，可說早為科學科埋下伏筆，日後能夠更為順暢地推行。

此外，STEAM學習上，AI學習會是西崇小的重點，但更重要最AI素養的培養。正如郭老師所言，AI的應用是勢不可檔，但同學必須懂得分析它所提供資訊的對與錯，不能全盤接受。

22. 同學出席展覽也有能力可獨自負責起介紹工作。
23. 編程的學習，西崇小的學生已經很強。
24. 已落成的科學室，也是為科學科特別設立。

撇開AI，STEAM的大方向仍然會是從世界需要什麼人才為出發點，以彌補課堂學習的不足。王副校則有趣地從中國五行作參考，提出「五行特色課程」將海洋保育課程代表藍色的「水」、大自然環境或森林課程視之為綠色的「木」，以至是AI課程，全部扣連在一起，思考及研究如何讓同學繼續配合聯合國所提出的17個可持續發展目標作為學習方向。

馮家俊校長 對STEAM教育意見

學校視乎校情靈活運用資源

對學生而言，STEAM學習確實重要，讓他們可善用科技，配合環境需要，解決生活遇到問題。嚴格來說，類似的學習模式，早已出現，例如從前以雪條棍砌作車仔，也是相似課題，今天只是以STEAM作名稱而已。換句話說，普遍學生已是有一定認知，只是礙於個別學校的校情，會呈現不同的表現。就住香港今天情況，創科必定是最需要發展方向，讓學生透過學習，善用科技技能。雖然未必是每個人都要能製造出鐵甲奇俠的裝甲，至少要能懂得運用資源幫助這個世界。

"建立學校網絡可有助大家交流心得。"

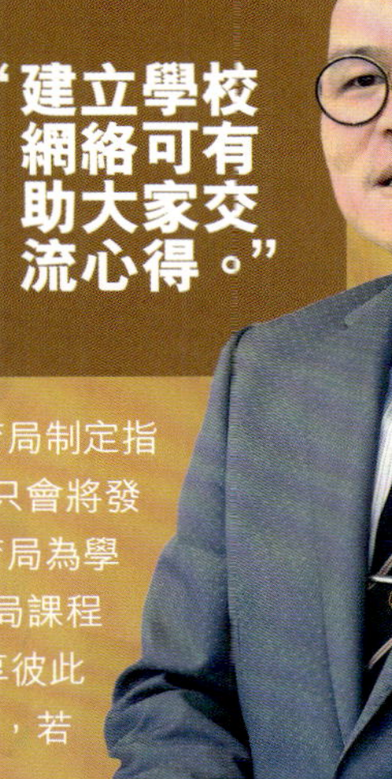

平心而論，教育局或政府即使財政緊絀，在科學學發展上還是做得不錯，由從前的e-learning、今天的STEAM，以至是新近的AI，都是可呈現學生需要學習的知識，也有提供不少資源。問題反而是學界前線該如何靈活運用資源，以配合校情給予同學所需又感興趣學習的課程。這可不能依靠教育局制定指引或框架，説明該做什麼或不該做什麼，不然只會將發展限制得死死的。所以，最佳發展方向不是教育局為學校提供多少支援，而是反過來由學校給予教育局課程發展的回饋，甚至建立一個學校網絡，互相分享彼此心得及支援。正如西崇小發展STEAM步伐較快，若然有其他學校有意前來觀摩，隨時歡迎。

ASK IDEA
機甲大師
頒獎典禮
ROBOMASTER
MARTY THE ROBOT

用Ukulele 演奏STEAM 生命教育

道教青松小學(湖景邨)

音樂可以陶冶性情。原來只需要稍為用點心思，還可以實現STEAM學習。道教青松小學(湖景邨)，便做了一個有趣的示範，在「STEM for All · STEM for Fun · STEM for Elite」的理念基礎上，不單每年舉辦「小小發明家創意比賽」，以鼓勵全校同學發揮創意，並啟發「運算思維」學習。還在數年前，學校已開始在小五級推動製作及演奏Ukulele，透過音樂潛移默化地灌輸學生STEAM 知識，打破固有「硬崩崩」的科技感覺。與此同時，同學藉以樂曲，演奏出對家人的關愛，體現青松(湖景)向來強調的「生命教育」。

（左起）伍靜雯主任、吳思銘校長、
陳婉欣主任。

01

五年級同學標誌物

走進青松（湖景），偶有拿著小結他袋的學生在身邊走過，毫無疑問，他們必然是小五級的學生，只因那個小結他袋藏著的Ukulele儼然成為他們的標誌物。吳思銘校長笑言，因為學校安排小五生在下學期學習Ukulele的製作，並會在學期尾用上自己獨一無二的Ukulele進行一次大型演奏會，所以小五同學常把Ukulele帶在身邊，既是練習需要，也有保護自己樂器的意思。

有機結合，自然聯繫

最有趣的是，學校安排Ukulele課程時，刻意融入STEAM學習。課程發展主任陳婉欣老師表示，青松（湖景）將STEAM視為一種學習媒介，用作培養學生的好奇心及探究精神，同時，誘發其他學科嘗試跨科組的合作。校內課程本身並沒有設立STEAM學科，而是透過特定主題，配合STEAM緊扣整個學習過程，而Ukulele的課程安排也就如此。不過，作出推動課程的決定時，學校還需考慮主題是否能夠與同學常規課程自然地連繫，不能為做而做，亦不會為做而做，這也就是陳主任強調的「有機結合，自然聯繫」。

吳校長補充，Ukulele的製作過程，正好配合小五年級常識科中的「聲音」課題。通過一件小樂器的製作，令同學更易於理解聲音的產生、傳播的原理。此外，同學親手負責，包括量度、組裝、拉線、拼貼、設計等等，也實現了包括音樂科、數學科、視覺藝術科等的跨科合作，整合為一個STEAM課程。

刻意營造期待感

五年級課程加入製作 Ukulele，也是青松(湖景)希望同學對 STEAM 學習抱有一份「期待感」。吳校長表示，小一至小四同學看著哥哥姐姐拿著小結他袋時，都會露出一種羨慕的表情，因為他們都知道Ukulele不但好玩，也很有趣。看著看著，慢慢便對升讀小五產生「學習期待」，渴望自己也可以製作及擁有一個屬於自己的Ukulele，繼而轉化成另一種學習動力。另一方面，與STEAM 學習扣連的「生命教育」，構思理念亦如此。即使每年有著不同的主題，但因為每隔幾年，就會更新學習內容，對同學們來説，便能構建極大的「學習期待」。以「雞蛋」主題為例，一個關於「雞蛋」的項目，當小一、二同學看過小五、六同學設計及製作保護傘，以確保雞蛋從天台擲下也不受破壞的好玩實驗後，他們亦會幻想他日自己升班後，也可玩上一次。

“課程最重要是「有機結合，自然聯繫」”

整合兩個極端

事實上，將屬於感性範疇的「生命教育」，與屬於理性範疇的STEAM學習，兩個極端的內容連繫起來，也是青松(湖景)的一大特色。吳校長

01. 學校也會安排同學進行Ukulele的演奏。
02. 將雞蛋放到磁力車上，又可以有保護作用，又可作競速賽，亦考驗同學STEAM創作力。
03. 生命教育從雞蛋的單一生命延展至家庭及世界。
04. STEAM Week由全校共同參與。

02

03

04

笑指，最初因為學校資源、時間、人手有限，在推展STEAM的同時，已無暇應付其他學習範疇。後來，在機緣巧合下認識到「雞蛋」的一個意義就是生命的誕生，在學生保護、觀察、陪伴的過程中，嘗試引入STEAM元素，整合兩個極端的學習內容，既節省資源，亦可確保學生能學習到所需的知識。首年「雞蛋」的主題成功後，次年延伸的「家庭」，乃至第三年涉及的「環保水世界」，也是運用同樣的設計理念，緊扣STEAM學習，尤其在製作水世界的「船仔」時，同學顯得更為雀躍，學習成效也予人滿意。

STEAM Week全校活動

將Ukulele或生命教育與STEAM整合，是學校初期為善用緊絀資源的解法方法。初期的另一個痛點，就是如何將學習STEAM普及化。翻看青松（湖景）的背景資料，校內早期已有一股創科氛圍，同學會在課後活動小組進行科技、工藝、發明等創作，亦會參加創科發明比賽。縱然如此，仍未能普及到全部學生都能接觸到的層面，為此學校便成立STEAM核心小組，開始研究將校內的創科理念與STEAM接軌，之後一個三至五天的全校活動「STEAM Week」便出現，讓全體老師共同參與活動內容的討論及設計，並帶領全校同學一同體驗。活動有助老師們從中找到教學定位，及如何協助學生通過STEAM 學習。吳校長表示，幾年努力下來的成效顯著，老師都

從生活體驗中創作

既然每位同學可享均等的學習機會，優秀作品還真的不能盡錄，伍主任選出了兩個較有意思的創意發明。小五級李梓齊同學的「智能寵物屋」，包括5個感應器及功能：溫度超過37度時開啟風扇降溫、定時投放餵食物、狗狗經過時搖動玩具，還有狗狗床舖尿濕或吸水器水量不足時，均會發出提示。如此一來，寵物主人即使不在家，也不需擔心心愛的寵物出現問題。李同學沒養過狗狗，「智能寵物屋」的構思來自他一次到朋友家，看到朋友需花上很多時間與心機來飼養狗狗，靈機一觸，便想到這個發明，希望發明品能令朋友輕鬆一點。

同是小五級的梁康彥同學則創作「太陽能『健老腦』公園設施」。他也有著類似體驗，梁同學家中有位行動不便的長輩，所以他才想出利用「健老腦」來給長者一個遊戲般的訓練器，讓他們在玩「打手板」的同時，可以重拾健康。

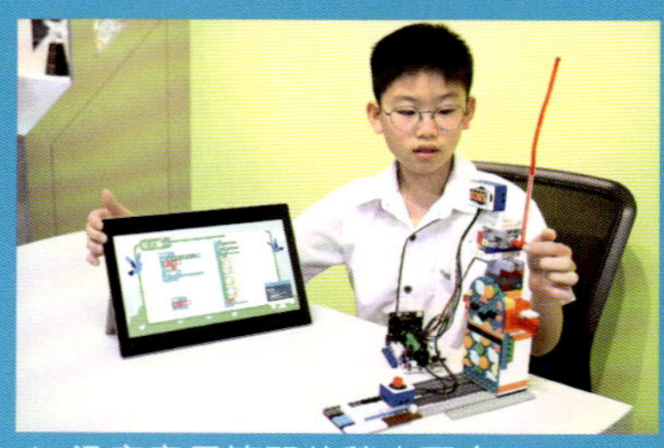

▲ 梁康彥用簡單的積木配合micro:bit製作的「健老腦」。

▲ 智能寵物屋整合頗多的寵物飼養問題，可見李梓齊花了不少時間做資料搜集。

能積極投入STEAM教育的推廣，就連一旁原本是語文科老師的陳主任，現在也能擔上統籌Ukulele製作課程的一員。

學生都是發明家

STEAM Week作為平台，令全校師生每年有一次STEAM的學習體驗，校內「小小發明家比賽」，亦讓小一至小六的每位同學享有均等參與比賽的機會。STEAM統籌主任伍靜雯老師指出，比賽目的是鼓勵他們從日常生活中尋找困難與問題，再自行思考解決方法，發揮創意。同學製作發明品後，會在校內公開介紹，繼而由校長及老師們評審結果。

不過，伍主任強調，這個比賽最重要是在過程中，同學可以培養出觀察問題的能力，以及討論解決方法的積極性。因為是鼓勵性質，所以比賽不限定必需是一件完整的製作品，只要同學能夠從解難方向出發，表達出他們的創作意念，便歡迎每一位同學都參與。近一兩年，同學交出來的作品質素不斷提升，完成度已非常高。

運算思維提升發明品質素

每件創意作品的高完成度，該歸功於「運算思維」學習的引進。「運算思維」學習打破

“比賽目的是鼓勵他們從日常生活中尋找困難與問題“

05. 同學的作品仍保留在STEAM LAB。
06. 在不少創科大賽上，同學都曾獲取獎項。

傳統，課程從小一級便開展，內容稍加調整為以不插電編程方式學習，為初小同學打穩基礎。當高小進階學習Scratch Junior、App Inventor、micro:bit，便更容易掌握，也讓發明品變得有更多創意。

「小小發明家」中較出色的作品，老師們會給予建議，以求盡善盡美。勝出的同學會代表學校參與本港或國際不同的創科比賽。香港青少年科技創新大賽 - 香港國際學生創新發明大賽、全港小學STEAM創意科技大獎、Make and share全港科研大獎賽等等的頒獎台上，便都曾出現青松（湖景）學生的身影。吳校長表示，獎項雖是一種肯定，但學校不是追求榮耀，最重要是公眾的評價及建議，能讓同學為發明品加以改善，從中培養出科學探究精神，獲得更多滿足感。

07

08

玩得開心，學得更多

在與吳校長的訪談中，總是講著「玩」字。事實上，在用作STEAM學習的其中一間房，單邊牆是一面Gigo Wall。同學在小休時可以在牆上砌積木。玩上一會兒，也可從拼砌Gigo時，思考更多。房的旁邊則是兩部模擬飛行器。值得一提的是，這兩部飛行器被引進到小一至小三的課程中，專為初小學生而設，高小同學加入飛行小組後，亦可用到。

吳校長口中説的「玩一玩」可解釋這種安排，讓初小同學儘早體驗，如果他們對此感到興趣，在高小進行培訓時，便能更積極學習，不然，他們便可選擇其他玩意，畢竟學校可供玩樂學習的 STEAM活動多的是。

不是男孩子專利

不過，吳校長也承認，校內的STEAM活動或許都偏向男生，所以讓坊間誤以為STEAM是男生的學習專利，有見及此，學校設計了一個STEAM活動，將煮食與STEAM學習融合，讓學生在煮食的同時，學習當中的化學反應、變化，動手做一些料理。將來或會再加入類似「分子料理」的學習內容。過程中，學校還會加入英文科的語境，增加同學學習英語的機會，從而提升他們的英語能力。

有趣的是，坊間正熱鬧討論的AI學習，吳校長表示也有留意，並在來年引進到新的「小中醫」課程，以結合運動科學，教同學練習「八段錦」。但他強調，不會強迫教師或同學在各方面都加入AI應用，不然只會被科技所牽引，學習也就變得本末倒置。

07. 初小學生會利用mochi機械人學習不插電編程。
08. 高小學生則會進階學習App Inventor，還實際會以學校分發的手機做測試。
09. 吳校長和伍主任背後便是Gigo Wall。
10. 飛行小組的梁貫楠、樊曉朗同學便是在初小表示有興趣後加入，現在已迷上飛行，也鍾愛觀看不同飛機。

吳思銘校長 對STEAM教育意見

STEAM規劃及銜接要到位

吳校長很自豪地表示，學校可為學生提供多元化的STEAM活動，令同學可以「玩得夠多、學得夠多」。但同時，他也會感到悲哀，只因不少畢業生會跟他說，某些中學的STEAM活動不多，不能銜接他們小學時所學。如果學界或教育局能有所規劃，學生在STEAM方面的成就可能更高，能有利香港日後的科研發展。同時，吳校長不諱言，在STEAM的推廣上，教育局的帶領及支持未夠到位。

> **"想做好STEAM教育推廣，滿足學校人手、資源需要。"**

雖然現時教育局有聯繫一些在STEAM方面有傑出成就的學校分享，但學校需要的是更實在的支援及基本的發展規劃。單靠外間資源難以聚焦發展及日後中學的銜接。在來年新推出的科學科中，雖然加強同學科學學習，但教育局卻並未支持小學加設實驗室技術人員或相關工作人員，需由老師兼任，老師工作量增加之餘，也未必能管理及準備好科學實驗室所需的器材。

SMART WHEELCHAIR
多功能自動輪椅
太陽能
降溫系統

AI繪本
畫出航天夢想
中華基督教會基慧小學

進入中華基督教會基慧正門之前，會看到一幅極為吸引眼球的畫作。這一幅AI生成圖畫，漂亮地展示的同時，也彷似介紹著它背後的學校，近年是如何積極推動 AI 學習。不過，步行至新落成的STEAM課室，牆邊一支火箭模型格外醒目，標示著學校內的航天科技課程正預備升空嗎？

後排左起：張淑婷老師、林偉基主任、
宗志深校長、梁思敏主任、霍天蔚老師

AI融合中文：從古風畫作到德育繪本

生成式AI早兩年前剛出現時，電腦科的張淑婷老師已覺得這種新元素，將對未來社會帶來深遠影響，迅速將它引入課程並成立AI創作興趣小組。初時，同學會以古詩為主題，AI生成古式古香圖畫，並拿來挑戰全港不同的AI比賽。門口還被掛著的AI圖畫，便曾在其中一個大賽獲取一等獎。

今年，課程還融入中文寫作及宗教德育元素，要求同學不再是生成單一幅圖畫，而是圍繞幸福、愛、勤奮、同理心等等主題，生成德育繪本故事，宣揚校內關愛文化。

01

探索AI應用：不同多媒體創作

目前，同學利用生成式AI，也不再只是創作圖片，還會配合今年新引進的Canva，生成影片以至音樂，體驗更多有趣應用。STEAM統籌及常識科主任梁思敏老師則補充，音樂科已讓小朋友拿起iPad利用GarageBand作曲，即使電腦科也會用micro:bit打音樂，都是為日後AI作舖路。

02

03

04

宗志深校長相信，學習人工智能可以讓學生進一步發展創意思維與實踐能力，因而未來會將人工智能元素融入跨學科課程，幫助學生實現更多創新的想法。同時，學校亦會加強培訓學生相關的資訊素養，提高對科技的自主學習能力外，更強調如何正確使用人工智能，提醒學生需理性求證AI生成的內容。

"AI作曲將會是STEAM教育在藝術上延伸。"

05

01. 同學利用AI工具，研發創新產品。
02. AI生成式圖畫：柳宗元《江雪》by陳亦詩
03. AI生成式圖畫：李白《早發白帝城》by龐卓瑜
04. 同學正在學習以AI生成畫作。
05. 正在訓練AI進行圖像辨識。

以AI提升自主學習

AI興趣小組的幾位同學，早已熟習如何應用AI生成文字，但對於AI生成圖像也是首次體驗。最有趣的是，他們生成圖片所輸入的Prompt還是來自另外一個AI的生成文字，就像陳亦詩同學去年的AI畫作，其參考用的柳宗元詩詞《江雪》便是來自另一個AI的建議。

與創作單一幅圖畫相比，同學均指以AI生成繪本難度更高，最主要是需要控制繪本中，畫與畫之間必須統一及具有連貫性。同學對於AI應用也有著更多的想法，例如在專題研習時，透過AI提供圖表製作的建議，又或在處理數學功課時，讓AI輸出更多解題方法，深化概念。不過，同學也明白AI是工具，不能過於依賴，尤其過程中更需要提醒自已求証回答的真偽，看來學校進行的AI資訊素養，確實有所成效。

▲ 部分AI興趣小組的同學。

“正計劃將航天科技引進學習中”

航天課程：火箭模型帶回太空種子

事實上，基慧經常將新科技以興趣小組形式，讓部分同學率先嘗試，最新例子便是航天科技。資訊科技及課外活動主任林偉基老師表示，航天科技是發展大趨勢，因而希望學生能夠及早接觸。年初時，學校便曾安排幾位同學前往「中國文昌太空發射場」，近距離觀看火箭發射，提升他們對航天科技的興趣。

參觀期間，同學可與航天員接觸，加深了解太空人的訓練及工作內容之餘，還能夠參與航天工作坊，設計及製作可升空的火箭模型。由於火箭需使用火藥點燃，較難在香港實現，所以對同學而言，也是前所未有的嘗試。

06. 親身站在火箭發射台附近，是難得體驗。
07. 參觀文昌太空發射場，見識到不少最新航天科技。
08. 正在學習製作火箭模型。
09-11. 出發去發射火箭模型。

渴望能夠飛上天

幾位有份到「中國文昌太空發射場」觀看火箭升空的同學，雖然普遍在出發前，並不熟悉什麼是航天科技。但體驗過後，感覺震撼之餘更是異口同聲的覺得：火箭能夠飛上天空實在太神奇的事情。過程中，同學亦能初步體會航天科技的重要性，原來火箭是要將航天員送到太空，讓他們研究宇宙知識。

此外，同學更在參觀期間，學習製作可升空的火箭模型，部分更是成功將之發射上天。不過，也有部分同學因為降落傘黏著了機頭，導致發射失敗，未能升空，有所遺憾。雖然如此，但正如他們拿來的太空種子將種在校園內，航天科技的種子也已種在他們自己心內，可能未來便會成長為另一個航天人員。

▲ 曾參與文昌之旅的同學分享觀看火箭升空的震撼。

06

07

08

此外，同學回港前還收到特別紀念品，是幾顆在太空培殖的番茄種子，讓同學可實際種植在校園中，觀察它與普通種子相比下，將能夠種出如何超級巨型的番茄。宗志深校長表示，文昌之旅令同學大開眼界，亦令學校對開展航天科技課程，有了更大信心。現時已積極構思課程發展方向，最大可能是配合常識科相關課題，又或融合來年科學科的既定課程。

專題研習：初小動手做與高小插電玩

學習愈是有趣好玩，同學愈會投入學習。而相對AI繪圖、航天科技，「打機」亦深受不少同學喜歡，所以在四年級的專題研習課程中，便加入體感遊戲的編程學習。負責的霍天蔚老師表示，同學不只學習編程，而是經歷整個遊戲製作流程，由構思、設計、玩法、編程等全部自己一手包辦。

梁主任表示，其餘每個年級亦會有獨立專題研習主題。其中，五年級的主題就會很好「玩」，同學需要利用閉合電路「自創玩具」，並為同學簡介玩具的設計靈感、玩法及益處，不能只是玩玩便算了。

三年級則會製作介紹香港旅遊特色的立體圖書。過程中，同學需要自己搜集關於香港景

09

10

11

“編程體感遊戲可增加學習經歷”

點的資料，並配合常識科內容學習，切合STEAM跨科合作元素。將五年級專題及三年級專題並排放在一起，或會發現初小多數集中「動手做」，沒太多涉及電動元素，直至高小才會融入電子或編程元素，以及有著更多電腦科知識滲入。

延續機械人競賽：累積科技實力

追溯基慧的STEAM教育發展，據課外活動主任林偉基老師表示，可以說從SARS期間贏取「智能機械人香港區選拔」冠軍後開始。有著這個源頭，所以基慧的機械人課程持續發展不錯。

其中，同學基本上夏、冬兩季都會參加的「國際奧林匹克機械人大賽（WRO）」，便經常獲得不少佳績。2024年，基慧更獲香港區賽事單位頒發「十大傑出推動STEM學校」的榮譽。

林主任表示，WRO賽事看似簡單，但涉及的技術層面卻很廣泛。而且，WRO可提供較長準備時間，相對地練習時間亦較多，適合放在課外活動進行，時間可以較有彈性，譬如可在首五堂學習特定課程部分，其餘五堂則準備比賽部分，達到學習成效亦可滿足比賽任務要求。

此外，基慧還引入拼砌LEGO機械人課程，簡單有趣地讓同學可了解及掌握工程及科技範疇。

12

13

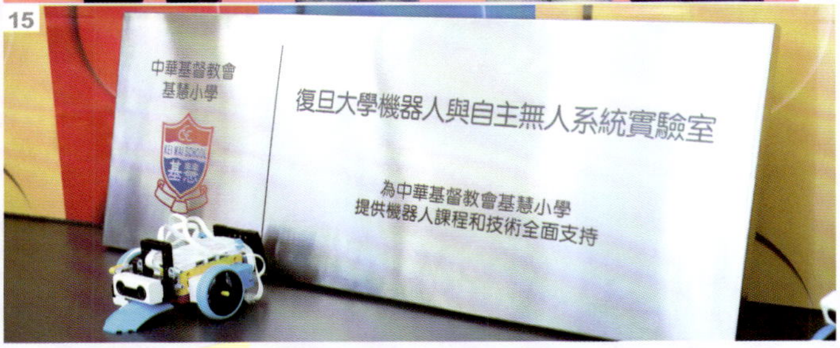

12. 三年級同學製作的立體圖畫書。
13. 一年級同學會用不同物料做「飛機」。
14-15. 早前，幾位負責推動STEM教育的老師更代表學校，接受復旦大學授與的「復旦大學機器人與自主無人系統實驗室」的名銜。

宗志深校長 對STEAM教育意見

展望未來科技與教育更緊密聯繫

雖然STEM在香港發展不算長時間，但透過教育局的清晰指引，以及普遍學校都能靈活運用資源下，是有百花齊放的情況出現，學生學習成效亦有目共睹。

而近年來說，就著STEM發展，香港學校與國內學校聯繫也愈來愈緊密，教育局其實可以在這方面也有角色，給予建議、設立渠道，協助小學及中學都能夠聯繫更多大學、專業科研機構，從而取得更多資訊，共謀不同發展空間，舉例如航天科技發展，一支小小火箭裡面已包不少科學、STEM的課題，可供小朋友從不同角度以至運用自己知識，來探究航天方面發展。

“給予學生知識，他們就能以自己角度運用出來。”

正如基慧小學，在同學接觸AI知識後，他們已懂得利用AI繪畫、音樂、故事創作，將AI轉化成為綜合能力一部分，幫助自己在無是中文、英文或其他科目都能夠自我學習。

生成式AI
藝術創作大賽
頒獎典禮
2025
FEB 17
14:00
17:00
CERTIFICATE
AI 生圖
歡迎試玩
2024校際AI藝術創作大賽

禁止吸烟
No Smoking
中国航天
CZ-5
中国航天
中国航天

為未來賦能 STEAM教育讓孩子領先一步！

東華三院鄧肇堅小學

當科技日新月異，我們的孩子未來需要什麼？當許多學校才剛開始探索AI教育時，東華三院鄧肇堅小學早已走在前面——不是追趕趨勢，而是預見未來。早在多年前，當「Flight Sim」（飛行模擬）對大多數教育工作者來說還很陌生時，鄧肇堅小學的STEAM教室就已經擺放著那台大型飛機頭模型，為學子打開航空科學的大門。這正是鄧肇堅小學的教育理念：洞察科技趨勢，提前為孩子裝備未來所需的能力。從AI到創新科技，不斷引入前沿的STEAM學習，因為鄧肇堅小學深信，教育不是應對當下，而是預備未來。在這裡，孩子不會只是被動學習，而是早早接觸、掌握未來世界的關鍵技能！

後排左起：鍾家明校長、
李潔儀主任、張嘉成主任

成就同學未來需要

幫助同學成就未來，這可算是鄧肇堅小學的理念，所以校內還真有著不少新奇科技玩意。最吸引便是那堆AlphaAI球形機械人，用來給予同學學習AI。不過正如STEAM統籌主任及電腦科科主任李潔儀老師表示，AI學習上不再只能是AI圖像辨識、AI作文、AI生成圖片等等，必須跳到訓練AI的層面，提升同學的AI能力。

比方說，同學需要訓練AlphaAI機械人以及調控它的神經元，讓它自動在既定路線走完一圈。有趣是，同學在調試中，發現愈多的神經元也表示愈多的思考點，AI會產生混亂，很容易便死機。

之所以會重視AI學習，鍾家明校長表示，主要是考慮同學的學習需要，明白到在環球趨勢及發展下，未來或許不再需要工廠職員，最需要是尖端創科人才，甚至是有能力改善人類生活的人才。

故此，同學需要類似的學習、培訓及知識，但不能等到升讀大學後才接觸，該從小學階段便開始培養。

01

所以，不一定必須是AI學習，只是今天都在講 AI，它也有可能取代人類工作，因而同學需要掌握管理AI、控制AI、 訓練AI等等未來創科人才需要的技能，鄧肇堅小學才展開AI教學。情況就如幾年前的VR/AR技術，當時也是為同學發展所需，很早便加到課程。若然將來又有些新科技誕生，並且同樣是同學也需要具備的能力，屆時又會加入到學習之中。所以基本理念，不是要追求什麼科技，還是看同學的需要。

“高年級每年分組的創科成果展，會在每年結業時向全校展出及介紹。”

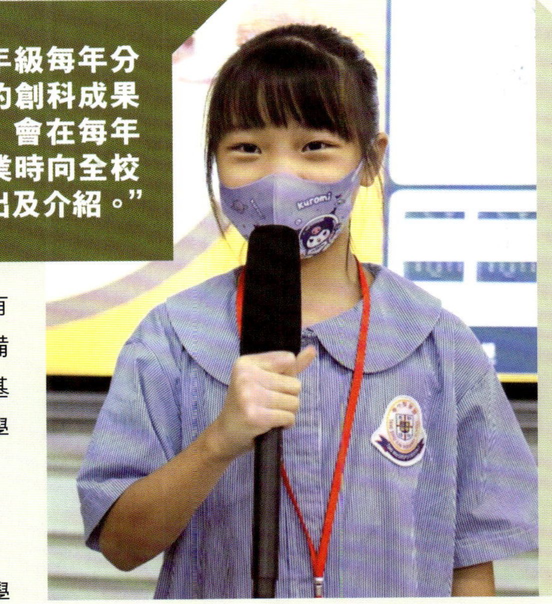

編程成績説明實力

話説回來，即使能夠洞悉同學需要，如果學校在電腦上缺乏實力，也空談引進AI學習。而鄧肇堅小學早在香港發展STEAM以前，便已著力發展資訊科技教育，甚至成為東華三院的IT Model School，將經驗分享給同轄下其他十多間學校。及後，更成為賽馬會資助的CoolThink@JC首批32間先導學校之一，李主任還是最早期的指導老師之一。而在過去五年的全港小學生運算思維比賽中，鄧肇堅小學更曾四次進入前三甲，包括一次的全港冠軍。

01. 學生學習訓練AI模型，訓練AlphaAI機器人進行自動駕駛。
02. 同學會用AlphaAI機械人學習AI。
03. 訓練它自動繞圈行走。
04. 學生正在對RoboMaster動作進行編程。

02

03

04

匯聚元素開設綜合科

有著資訊科技教育的強硬背景，所以推行STEAM教育時也能夠比較完備，即使初期還沒有正式課程大綱，鄧肇堅小學也會將相關元素，包括：機械人、無人機等等，散落在不同學科之中，再系統化地整合在一起，開設「綜合科」。

與此同時，則繼續觀察同學的學習需要，將更多現存學科未能涵蓋的科技知識，配合不同學科原來課題，都放到綜合科，讓接觸範疇更為廣泛，務求給同學較為全面學習體驗。

此外，坊間如果出現其他科技知識，是同學未曾或較少接觸，也會引進到教學之中，STEAM課室內的大型飛機，正正標記著鄧肇堅小學很早便引進的模擬飛行課程，它還曾帶來不少彪炳賽事戰積。就在不久前，中國航空學會更將鄧肇堅小學評選為最具特色航空課程學校，是全港唯一一間小學獲此名銜。

小一至小六科探活動

事實上，鄧肇堅小學從小一便開始讓同學學習STEAM知識，一年級至三年級便開始LBD (Learning by Doing) 形式的學習，透過有趣的繪本，利用初小同學多數喜歡聽故事又貪玩天性，吸引他們去做實驗或不同手作，將科技知識加以灌輸。

而小四後更會配合常識科課題，與電腦科聯合在一起，以Project Based Learning主題式學習。綜合科科主任張嘉成老師便舉例四年級常識科一個關於傳染病細菌的課程，便曾讓同學在綜合科嘗試從乳酪中提取乳酸菌並加以培養，同學還會穿起實驗袍，有如真正

05-06. 同學也會參與Marty機械人的短片拍攝。

07. 放置在STEAM課室的飛機模型，已有著幾年歷史了。

08. 全港唯一一間小學獲得全國航空特色學校榮譽。

05

06

常規課程都有豐富STEAM體驗

Felix及Anson都是鄧肇堅小學不同STEAM校隊的成員，參加過不少比賽，Felix 就曾經贏過RoboMaster全港亞軍，Anson則拿過BattleAce二等獎，這兩個可都是全港知名機械人比賽。撇開機械人比賽，他們也曾合作做過其他發明，例如早前便用Scratch發明了一個智能回收箱，而最近則專注AI學習，訓練AlphaAI機械人。兩位同學都感謝學校給予他們豐富STEAM學習體驗，不過有趣是，他們還異口同聲表示，之前必須是校隊成員才可以接觸這類課程，不過現在日常課程都會有，就例如AI學習，現在不用特別參加校隊，直接在常規課堂便可以學習更多。

▲ Anson（左）及Felix雖然即將畢業，還是會參與校隊訓練。

的科學家做實驗般，將細菌放到培養皿，再拿到顯微鏡下觀察，以了解日常食用的乳酪，當中哪幾種細菌是在常識科課本內看過，既緊扣常識科內容亦提高同學衛生意識。

“將綜合科課題與常識科緊扣在一起。”

但講到好玩，還是五年級的綜合科學習活動更有趣好玩，因為真的就是講求一個「玩」字。課程會加入Design Thinking的概念，讓同學為初小的師弟妹製作「智能遊戲王」攤位遊戲。

過程中，同學不單要親身收集初小同學意見，了解他們想玩什麼，還需要分組構思及設計遊戲，之後便以考慮安全及以低成本為前提，將遊戲製作完成，再給初小同學試玩，了解他們反應。較出色作品甚至會在開放日時，給入場的家長及嘉賓觀摩，甚至帶到區內幼稚園，作為學校的小幼合作活動。

完備和豐富學習體驗

對於整體STEAM課程，鍾校長表示就是要完備和豐富，既有傳統生物、化學、物理以

09. 同學經常會參與外國展覽。
10. 學與教博覽PMQ Seed作品展覽。
11. 同學製作的智能垃圾回收箱，有沒覺得兔子很可愛？
12. 穿起實驗袍就似是個小小科學家。
13. 以紙皮製作的智能遊戲王。

至是電腦的理論、基礎及原理學習，亦會按不同年級同學的需要，引進更多新科技元素。即使是機械人課程，也會讓同學習組裝作、設計、製作、操控，再滲入創意學習及動手做元素；編程學習則會包括micro:bit、App Inventor以至應用；AI的學習也會不只是ChatGPT，也會學習國內的Deep Seek，儘量涵蓋不同方面。就是飛行課程，也會是由原理開始，再摺紙飛機，最後才是真正模擬飛行，做到每項科技知識，都能實際帶給同學更多學習體驗。

12

13

鍾家明校長 對STEAM教育意見

現時已是全民關注STEAM

整體來說，由政府牽頭發展STEAM是一個正確方向，不然今天學界或許還會是在摸索著要如何發展。雖然過程未必是一帆風順，舉例初期因為沒太多標準或指引，不少學校會顯得茫無頭緒。但在彼此互相支持及幫助下，還是一步步的走到今天。尤其是下個學年將開展科學科，亦看到不同環節上，大家都在努力做好這件事。

“政府可以提供更多與實驗室儀器相關資源，可更多的幫助到同學的學習。”

即使香港的STEAM未必走在全球多麼尖端位置，但至少可看到在不少國際比賽上，香港也是可取得不少卓越成績。別的不說，至少現在是多了很多人關注創科這件事。開玩笑地說一說，就連電視台也要特別開設專講 STEAM 的頻道，如果沒有商業價值，它們也不會走這條路吧？

當然，站在校長的立場，更希望是政府在資源可給學校上再多一點，尤其是人手上，如果能像中學般增加一些技術人員，可能幫助到負責老師好多，又或許可以仿照CoolThink@JC，找一些權威機構或專家編寫適合課程，這些都是重要資源，亦會讓STEAM發展定會更為順暢。

Cathay Pacific Airways
【香港站 選拔賽】
數智競技 格鬥機械人挑戰賽
DIY格鬥機械人 登陸香港!
hkpc
APICTA

GLOBAL STEAM
拓展國際視野
Gemini

忠 勤
三 東
院 華
信 儉
TANG SHIU KIN PRIMA SCHOOL
TUNG WAH GROUP O
東華三院鄧
TWGHs Tang Shiu Kin

2023深港澳人工智能大赛暨AI科技嘉年华

READING WILL TAKE YOU EVERY WHE

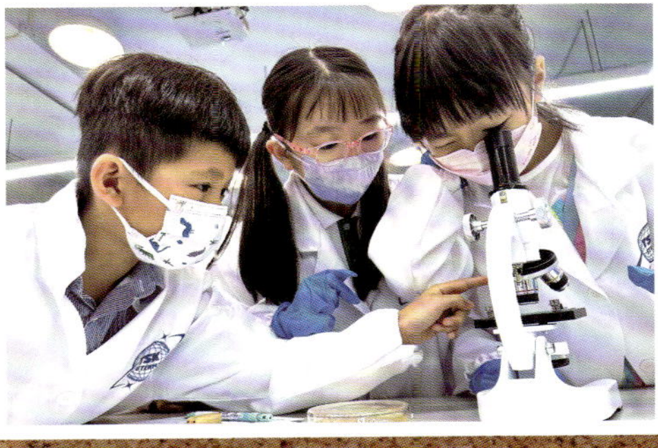

小島創科
正向融合長洲文化特色

中華基督教會長洲堂錦江小學

提到太平清醮、搶包山、飄色巡遊都是長洲「名物」，均蘊含濃厚小島文化色彩。座落島上的中華基督教會長洲堂錦江小學，緊扣長洲文化推展STEAM教育，讓學習內容貼近學生生活，也可同時將長洲文化以創科方式呈現出來，為活化保育出一分力。

朱焯彬老師（左）及葉昌銳校長。

01

長洲本地學生日常生活

錦江小學大部分學生是島上土生土長的小朋友，自小耳濡目染長洲本土文化，所以早年規劃STEAM教育時，便順利成章配合這些特色，在課題加入相關聯想。

例如把「無人機穿越」活動連繫島上知名的張保仔洞，設計成「飛越張保仔洞」主題活動，過程更有趣之餘，也能滲入長洲獨有的歷史。負責STEAM課程發展的朱焯彬老師，本身並非長洲居民，笑言在制訂課題時或會詢問學生島上生活的人、事、物，為構思STEAM活動添上靈感。

太平清醮融入機械編程

搶包山是長洲太平清醮的高潮活動，約在五年前，錦江小學便構思可否以機械人模仿在包山上搶包的動作以進行競技呢？於是，錦江小學便以積木拼砌縮小版的「包山」，再由學生編程機械人來模擬搶包過程，「機械人搶包山比賽」就這樣誕生了！時至今天，比賽逐漸推廣至全港小學，成為每年知名的機械人競技比賽。

為進一步突顯主題，學校安排比賽於太平清醮附近的日子舉辦，配合島上的打醮氛圍，讓大眾認識搶包山的另類表達形式，將比賽打造成長洲特色活動。

飄色巡遊也是長洲太平清醮的特色活動，因利成便，錦江小學為初小學生設計以模擬飄色巡遊路線為主題的編程活動，學生在模擬的長洲地圖上，找出飄色巡遊路線街道，再以Metatalab的不插電編程模式，控制機械人在地圖上「巡遊」，實踐相關的計算機思維。

創科發明以改善生活為宗旨

錦江小學早年亦以「愛心夢工場」為主題，鼓勵學生關心長洲居民日常生活所需，特別是貨運物流。於是，他們運用在愛心夢工場機械人編程班中所學到的跨學科知識和技能，並透過電腦編程和積木組裝機械。

三至六年級同學最終組裝了一座「未來長洲愛心夢工場」，希望能幫助小島上的居民解決生活困難，改善島上運輸貨物的問題。傳承這份意念，學生參與不同類型的產品設計比賽，分別以「長洲關注組」及「我的行動拍檔」流動應用程式獲得殊榮，肯定學生關心改善長

01. 同學參加搶包山機械人比賽現場。
02. 初小同學在用Matatalab做飄色地圖。
03. 穿越機變身「飛越張保仔洞」活動。
04. 除了包山，同學還會用積木砌的錦江小學外觀。

05. 學校還保留運輸機械的模型。
06. 小四同學參與自主學習計劃，在用口罩做隔煙屏障。
07. 小六同學在整碎廢紙做「土壤」。
08. 用廢紙土壤種的植物，也很茂盛。
09. In-STEAM教師獎勵計劃獎項。

洲生活的努力。未來，學校推動學生關注國際議題，參加改善傳統農業的創科機械發明比賽，擴闊學生視野。

訓練兩文四語

配合長洲生活之餘，錦江小學著重「兩文四語」的理念，希望同學在學習中、英文及普通話外，亦可掌握第四種「語言」——程式語言，以裝備學生未來生活。在初小階段開始培養基本的運算思維邏輯，高小階段便把實物與編程結合，動手做應用發明，以解決生活解題。朱老師進一步表示，錦江小學是 CoolThink@JC的聯網學校，雖然計劃已經結束，但從計劃中曾實踐的課程內容經剪裁後，融入現時資訊科技科的校本

搶包山學習編程

曾出戰參加「機械人搶包山邀請賽」的幾位同學，不約而同感到搶包的遊戲非常好玩有趣，因比賽過程需要設計及拼砌機械人，也要編寫程式控制機械人操作，每個步驟也需要親自動手做，是很完整的STEM實踐。他們把機械臂設計成升高伸長式地操作以提升「搶包」的效率，而倒包的設計則可縮短收納機械包的時間，以便快速地可繼續搶其他位置的包。在今年的比賽也需要多製作一個運用AI圖像辨析功能的機械人，以模仿真正搶包山比賽中不同高度的包能奪取不同分數的效果，增加比賽的刺激性。

▲ 要砌搶包山的山也很講究。

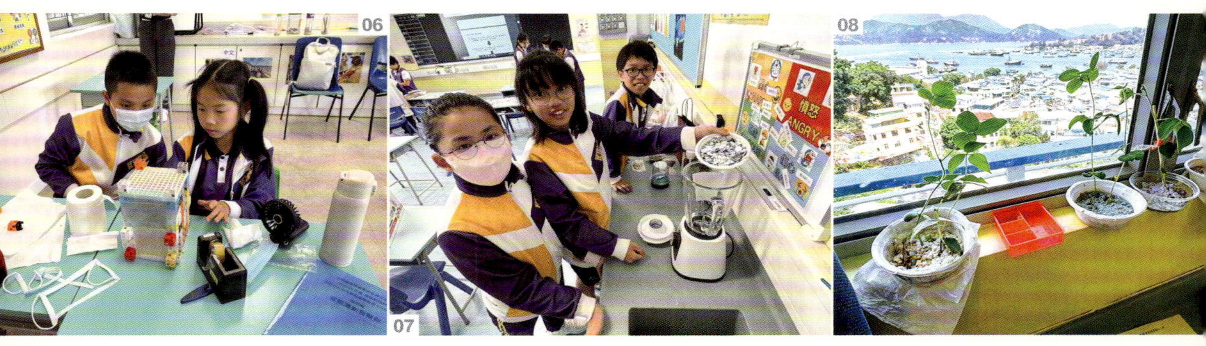

課程中，包括加入AI元素，務求延展協同的編程能力。

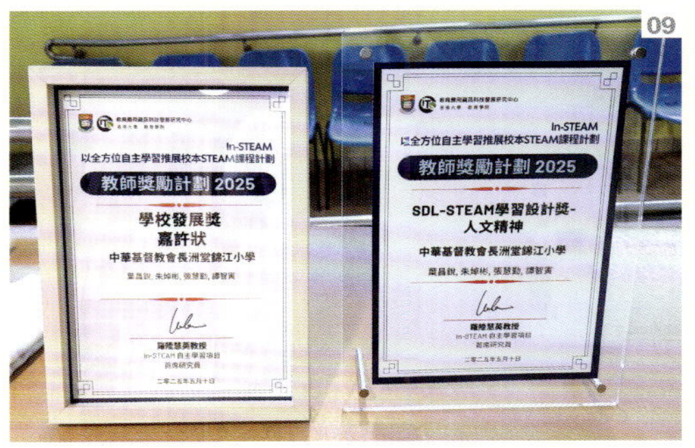

全方位大自然教育

在呈啞鈴形狀的長洲島南北兩邊，富含自然味道濃厚的美麗景色。錦江小學位於南面小島的清水秀地，活用大自然元素結合STEAM學習設計所以也是重點發展方向，適合推動環保教育。

早前，學校參與香港大學舉辦的「In-STEAM以全方位自主學習推展校本STEAM課程計劃」，讓小四至小六透過全方位自主學習模式，以STEAM專題研習內容為主幹軸，進行科探、設計及製作產品，在環保學習主題下經歷STEAM元素學習式。

"未來會在編程學習加入更多AI元素。"

以小四的「空氣清新我幫你」主題為例，學生研究不同物料(如：紙巾、百潔布、口罩、廚房紙)來製作隔開煙霧的屏障，以創作空氣清

新機裝置。小五則會就離島區天氣較市區炎熱的天氣，以micro:bit製作手錶監測溫度，並發出衣服穿著提示，成為應對的智能生活產品。

至於小六同學，科探意味更為濃厚，需要收集不同紙張來製成「土壤」，嘗試種植綠豆、蕃茄、青椒、黃豆等植物，觀察紙張對生長過程的影響。

朱老師表示，合作計劃已完成，設計內容獲得香港大學高度評價，在教師獎勵計劃中榮獲「SDL-STEAM 學校發展獎」及「SDL-STEAM學習設計獎一人文精神獎」兩個大獎，對課程內容可從人文精神出發並能與學生生活息息相關的構想予以肯定。

10. 努力在摺紙飛機。
11. 摺完就來向天空丟出吧。

向天空丟出紙飛機

錦江小學近兩年還參與香港中文大學的科技素養計劃，指導學生利用發泡膠簿片製作簡單滑翔機及製作不同形狀的紙飛機，以引證流體動力學及相關的飛行理論，從實踐中增進學生對「工程」的興趣。

由於學生的學習表現較預期熱烈，朱老師亦正計劃將這項由合作計劃得來的成果，未來納入資訊科技科的常規校本課程內。

學習變得更廣更深

學生基數較小，資源及空間相對地也較小，在推動STEAM教育的路上，難免面對較多限制及耗用較多時間，但同時造就每位學生可參與、接觸、涉獵的課題更趨多元化，所以最大優勢是對知識的發掘可以更為深入，探討空間亦更可以更彈性靈活。朱老師亦笑指，全校學生皆是長洲居民，居所與學校路程不遠，家長普遍支持學生留校進行科研活動或創作發明，成為推動STEAM培訓的一大助力。

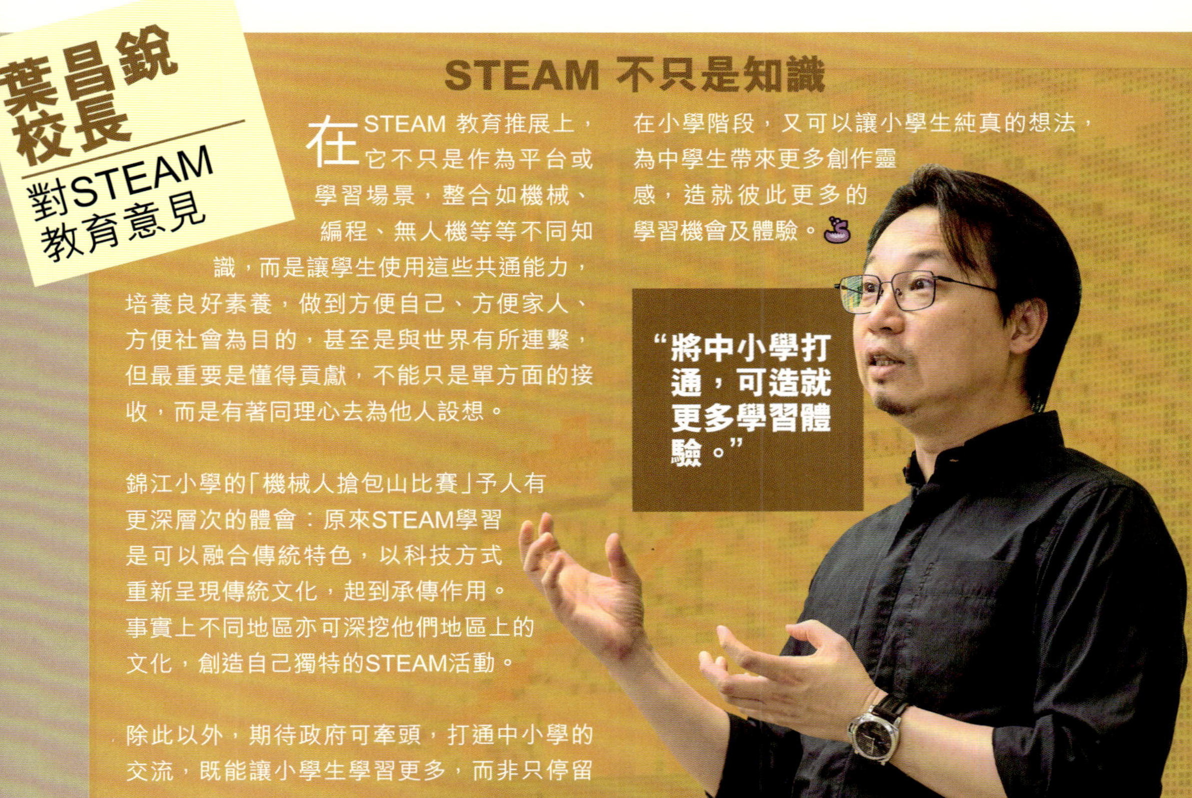

葉昌銳校長對STEAM教育意見

STEAM 不只是知識

在STEAM 教育推展上，它不只是作為平台或學習場景，整合如機械、編程、無人機等等不同知識，而是讓學生使用這些共通能力，培養良好素養，做到方便自己、方便家人、方便社會為目的，甚至是與世界有所連繫，但最重要是懂得貢獻，不能只是單方面的接收，而是有著同理心去為他人設想。

錦江小學的「機械人搶包山比賽」予人有更深層次的體會：原來STEAM學習是可以融合傳統特色，以科技方式重新呈現傳統文化，起到承傳作用。事實上不同地區亦可深挖他們地區上的文化，創造自己獨特的STEAM活動。

除此以外，期待政府可牽頭，打通中小學的交流，既能讓小學生學習更多，而非只停留在小學階段，又可以讓小學生純真的想法，為中學生帶來更多創作靈感，造就彼此更多的學習機會及體驗。

"將中小學打通，可造就更多學習體驗。"

中華基督教會長洲堂錦江小學
中華基督教會長洲堂錦江小學
全港小學 STEM 創意科技大獎 2024

全港小學
2024

結語

STEAM 未來走向

閱讀完17間學校的STEAM分享，定必發現各有特色，不儘相同，而且都是根據校本，走出獨特的STEAM方向，甚至連重點所在也有些出入。這也是教育局制定STEAM指引時，只提出方向指引，並沒過多限制，給予個別學校有著足夠靈活彈性，讓發展有著更多自主權以及決定權。

不過，若然仔細閱讀，對於未來STEAM教育的展望，在方向上又出奇地有著殊途同歸的説法。

融合人工智能

自2022年特首施政報告提到將人工智能融合青少年教育。及後，2023年及2024年的特首施政報告亦多次強調推動人工智能在教育中的應用，因而教育局以至坊間機構均有大大小小不同的計劃，支援學校發展AI賦能教學、安排教師參加專業培訓，以至發掘及培育更多具潛質學生，AI與教育的融合已勢不可檔。目前所見，普遍學校不是已在校內廣泛使用AI，便是已把AI視為最重要發展方向。觀察下來，是可以分作幾個層面。

一、輔助老師教學

AI在輔助教學上，已有不少學校在用。一般是用作批改同學功課，從而再以AI分析同學的學情況，了解同學在什麼課題表現優異，又在什麼課題需要增加學習時間。此外，語文科在AI的應用亦變得廣泛，最常見是利用AI批改後，為學生提供更多創作方向或不同字詞，提升作文水平。部分學校更會將AI應用到教學之外的地方，例如：人才庫、考核、學校廣播等等，應用層面十分多元化。

二、學習應用

透過AI教導學生，也是目前不少學校正在使用。部分學校還會利用AI達成自主學習的目標，例如在完成數學科某個課題後，讓同學自行透過AI出題，測試是否已對某類數學題型熟悉。答錯後，也可讓AI分析哪裡出錯，就仿似時刻有個補習老師在旁邊。

三、學習原理

應用之餘，部分學校還會指導AI的掌控，例如教同學寫prompt，了解如何才可以從AI取得更實用回應，甚至會講解AI原理，務求不再停留在應用層面，而是真正地將它駕馭，成為幫助自己的工具。

對政府幾個建議

在協助學校推動STEM教學的層面上，教育局以往幾年確實不遺餘力，雖然早前宣布在25/26學年，全港資助中小學的各資助額，劃一削減10%，讓學界是有些微言，但是普遍學校還是認可教育局的支援力度。不過，話説回來，建議精益求精的聲音還是存在。

增設STEAM技術員

先以中學來説，中學設有專業技術員，支援科學或電腦的學習，唯獨卻沒有支援STEAM學習的教學助理或技術員。老師往往還需要浪費課堂時間，做前期準備，以至很多時候需要借調其他教職員幫手。

所以建議招聘STEAM技術員，給予老師更專業支援，包括：前期準備工作、安排以至協助帶領同學參加活動或比賽。好比有校長便打趣説：「STEAM教材也需要人幫手搬搬抬抬吧！」

情況在小學或許更嚴重，尤其面對即將開設的科學科，原本已缺乏STEAM技術員，現在還再添加科學實驗室助理的需求。雖説教育局也因為科學科的創立，增加了撥款，但對於新學科的開設，購置硬件也是重要。所以有校長反映：「錢可以再加更多當然最好！」

缺乏STEAM老師

STEM牽涉4個不同學科知識，所以要找一位完全熟悉的老師十分困難，即使大學也少有開設主打培訓STEM專業的學系。香港也僅有都會大學在2021年開設STEM學士課程。

所以STEM老師十分缺乏，更不要説加入人文科學或藝術的STEAM。基本上學校的STEM/STEAM統籌任都會由其他科兼任，而且五花八門，中文科、歷史科、音樂科、體育科都有機會被找來兼任。如此一來，培訓變得十分重要，教育局或坊間機構是有不少支援。不過，最後還是要看老師的熱誠，所以受訪校長最常會說：「好感恩老師都充滿熱誠！」

鼓勵STEAM老師入職

既然STEAM沒專業畢業生，所以學校都會向大學理科系或電腦相關學系畢業生招手，但遇到的阻力不可謂不少，最主要是「創科」氛圍導致。就讀前述學科或學系的學生生，畢業後不是投身科技事業，便是朝創科之路進發，願意走進學校執教鞭就職STEAM老師還真不多。相對而言，有關部門或可設立更多措施或政策，鼓勵更多的大學畢業生入職成為STEAM老師，並提供相應的培訓，維持老師人數，從而也可避免更多校長感言：「畢業後都去搞創科，點會去教書？」

小學初中銜接

不少小學的STEAM教育發展予人驚喜，學生亦有卓越表現。問題是，若然學生升讀的中學在STEAM教育發展緩慢，又或重點放在其他課題，便浪費了學生培養起來的才能。反之亦然，即是本就沒有什麼STEAM經驗的小學生，升讀到講求STEAM的中學，旁邊同學也是在小學便累積不少學習經驗，班上便存在極大學習差異。

這些銜接問題，必須由政府出手才有望解決，例如有沒可能為小學制定一些指引或評估準則，在不同學習階段應該具備什麼基礎知識，掌握到什麼程度等等。這類評估，至少讓中學可知悉收進來的新生不會是零知識，對教學推進也有幫助。「不是要為學生STEAM打分數，只是希望多一個評估準則。」

高中大學銜接

不說中學DSE仿彿是STEAM斷層，就是仍有重視高中STEAM的學校，表現卓越的同學，每年選擇創科相關學系的人數，只是緩慢地增加，狀元級學生還是只會選擇「神科」。

目前，每間大學目前均可破格免DSE成績錄取學生，政府會否針對STEAM教育，與大學溝通，增加更多這類學額？甚至相討開設更多創科類學系？至少，希望減少一些校長感言：「無奈只能勸高中同學專心應付DSE ！」

與世界接軌

香港學生的STEAM成績絕不遜色，在國際賽奪冠不在少數。政府在過去的施政報告，也有鼓勵學校多建立海外姊妹學校關係，與國際軌軌，但力度明顯還存在改善空間。是否可以為代表香港到海外參賽的學生，尤其是基層學生，提供更多支援？又或安排更多國際交流，讓學生更多地擴闊眼界？雖然教育局在國內遊學的支援是不遺饋力，是否也可考慮更多的外地遊學？

增加商校合作

在不少創科比賽均可見同學的產品，完成度已經非高，甚至還會懂得考慮外形設計，明顯是意識到商品化或公開販售的可能。始終STEAM的學習，也要講求未來的生涯規劃，盈利才能讓同學繼續朝創科之路走下去。既然，部分高中已有企業、會計及財務概論等商科課程，是否可以作為參考，在STEAM教育增加更多商業元素的指導，讓同學理解產品化、申請專利、市場營銷等知識。事實上，目前已有學校積極為同學的出色作品，尋找生產商相討開發問題，以至是協助專利申請，並取得不少成效。此外，商業市場亦有見私營公司尋找學生協助開發新商品，足證商界已肯定學生表現。只是上述兩種情況，始絡未成氣候，必須政府有更多的參與或牽頭，才可更容易營造商校合作的氛圍。

書名　　：誇科Transdisciplinary
出版　　：HKSTEM News
電郵　　：enquiry@in-cept.com
出版人　：Matthew Cheung
責任編輯：Matthew Cheung
封面設計：Cash Leung
內文設計：Cash Leung
攝影　　：Johnson Poon
發行　　：一代匯集
承印　　：創藝設計印刷
出版日期：2025年7月中
定價　　：$168
國際書號：978-988-71420-0-3
圖書分類：STEAM教育